一朵水莲花不胜凉风的娇羞

黑孩＝著

长篇小说 2012

樱花情人

百花洲文艺出版社

按照女主人胜见画好的地图，我乘东急东横线又换山手线抵达东京的池袋。

连金在电话中叮嘱我不要出站台，只要站在月台上等他就行。

我和连金的相识纯粹是一个偶然。

那一年的冬天格外温暖。在那一间画廊里，阳光在素描画上起伏。连金的眼睛隐没在阳光遗漏的地方。我一下子就看到了连金——在十几个人中，我一眼捕捉到的人就是连金。

我心里有一种东西闪了一下，这个东西应该是感觉。感觉似古典雅乐器中的长笛，从遥远的地方传来，空灵而且微妙。我知道有连金这种目光和神情的人，一定就是中国人。

直到我、连金以及这次画展的主人锦华同时坐到沙发上休息，连金才一边喝着茶一边对我说："我看你的那一瞬间就知道你也是中国人了，你理解这种感觉吗？"

当然理解。只是这种感觉绝对无法用语言来形容。都是黄皮肤黑眼睛，可是你走在人堆里，一眼就可以看出哪一位是自己的同胞。哪里不一样呢？没有人能够说得清楚。感觉本来就是说不清楚的。

我费了很多心思向连金表述我很想要他来帮助我的意思。我无法直接说你来帮我找一份工作吧。我有意不卑不亢，把我找了一百多家都没有结果的找工经历描述得像闯江湖。

连金说："原来如此。"

连金又问我："你打算怎么办呢？"

我说："我打算回国，我将这一次来日本看做旅游好了。"

我说的是真的。

从北京飞往东京时，我就已经感觉曾经拥有过的世界在起飞的刹那间便荡然无存了。以后的日子我只能靠我的运气了。透过飞机窄小的窗口，我看到轻轻飘动的云像浮游的棉花垛。我想我飞抵了虚无。不，不是虚无，我的大学学友冷杉曾经形容云是物质。我十分喜欢这句话。我每次乘飞机的时候，一看到云就会想起冷杉的这句话，我只是不知道下了飞机有没有人接。还有，我不知道我到了日本以后睡在哪里，我非常非常害怕。

随身带了一本诗集，是艾略特的。我只记住《荒原》诗句中的一句话：在那里，死人遗失了它的骸骨，如果我当真年少。

如果飞机可以一直飞下去，没有终点。

雅子将我安排到横滨国际宾馆，并且告知我至少也要住一个月。

一天晚上一万八日元，我只带了一万美金，相当于一百三十万日元。

雅子还告知我工作不容易找，怎么地也要几个月的时间。

雅子走后，我用一百三十除十八，随遇而安，我决定只在日本逗留二十天。这是到日本的第一夜。不安、紧张和疲劳膨胀着我，我睡不着觉。国际宾馆听起来好气派的名字，房间却小得只能放得下一张单人床和一张床头柜。我觉得心里乱糟糟的，只有一丝悲伤清晰如挂在心头的彩虹。我想到外面走一走。横滨这个我刚刚光临的城市里有太多我的想象。外边不知道什么时候开始竟下起小雨来，小雨如泣如诉般落在我的皮肤上。雨中闪烁的霓虹灯使街道看上去像电影中的一道布景。我的心是悲伤的，悲伤的布景。我是悲伤布景中无声也无响的游移的影子。我开始觉得肚子饿了，我漠然走进一家餐馆。餐馆里所有陌生的面孔令我在悲伤的同时感到刻骨铭心的孤独。叫不上名字的菜，说不出是什么滋味的汤，身边听不懂的人的语言，还有，如今我孤零零一个人不知道明天会是什么样子，所有我的朋友其实都离我十分遥远。横滨的第一顿晚餐是失魂落魄的。

回到旅馆，唯一能够消遣的就只有电视机了。打开电视，电视里放映的节目我无心记忆因而忘记了。那时我们国内旅馆的电视还没有提供毛片的服务，不知道现在是否已经有了。遥控器上标有"有料"两个字的按钮十分吸引我。我用手指按下它，电视节目一下子就换成男女二人在床上的戏。虽然我曾经看过很多毛片，但是与西方完全不同的日本的版本还是以新鲜吸引了我。几乎都是中学女生，十几岁的样子，身体很美，那种青春的美。只是还不懂得做爱，不懂得放荡。或许这些女中学生们的脑子里正想着钱，她们看上去毫无感觉，木偶娃娃般将她们与生俱有的青春和美在被玩弄的过程中展现出来。我有些迷惑，日本怎么允许未成年的少女拍这种三级片呢？尽管我有一点点儿心痛，但是残缺甚至是变态的性的覆盖还是安慰了我。城市在雨的湿润中，我在热水般的湿润中。无论日后我在日本的运气如何，日本的初夜是娱乐的，新鲜的，此时此刻的我是兴奋的。我忽然觉得自飞机起飞时便困扰着我的不安、孤独以及悲伤都不过是一和临时的夸张。通向新的人生的小路刚刚在我的脚下展开。我才二十多岁，我风华正茂。

直到遇到连金，我悠悠地感到天无绝人之路，星轨不乱。

先是雅子，她只让我在旅馆住了一个晚上就将我带到她自己的家里。在雅子家住了一个星期，雅子的朋友——锦华的丈夫——日升便将现在的女主人胜见介绍给我。胜见本来说不用交房租的，但是我不肯。最不舒服的感觉就是欠人家的情。我坚持每月付三万的房费。用一百三十除三，我可以在日本逗留一年。日升带我离开雅子家去胜见那里的时候，雅子对我说："安排你住横滨国际旅馆并不是我的错。"雅子说："是教授要我安排的。教授对我说你在国内是作家，有很多钱。"雅子说："我曾经想过给你安排一家便宜点儿的旅馆，但是我以为是你自己跟教授吹牛。"雅子说："我只是想教训教训你。"

雅子最后又说："我没有想到你一个女孩子会花钱看毛片，我帮付账的时候替都你脸红。"继雅子后就是连金了。连金对我说他在横滨有一位华侨朋友，为我找一份工作这么小的事，应该没有问题。

与连金分手后的第二天便接到了他的电话。连金告诉我，他的老朋友同意帮我的忙，只是要先见见面、谈谈话。

见面的地点订在池袋车站的站台上。时间为次日的午后五点。

就像是要我牢牢地记住他，这个男人。没想到见他的第一面竟要我在站台上等了整整一个小时。更没有想到连金将我亲手交给他后就人间蒸发般地从我的生活中消逝了，永无再见。没想到日后我会将他视为内心深处那个最爱的"原型"的男人，我为他付出了全部的热情、希望和痛苦。很长的一段时间里，我只相信与他之间的爱就是歌词里所唱的那种地老天荒。没想到……在我这里事情总是这样，来了又逝去，走进拜占庭，再走进乌托邦，什么都未曾留下来。

我想了一遍又一遍，连金约我在池袋站台上等，五点钟，不见不散。我想不出我错在哪里。山手线的电车一辆接着一辆地停在面前，车车不空的人流挤下来拥进去，偏偏看不到连金的身影。身穿紫色风衣的我，活像站台上游荡的一缕芳魂。

在海外，中国人自己骗中国人的事情非常多，这是临行前家里人告诉我的。这句话此时对我放射出恫吓。洋洒着小雨的日子，孤零零一个人站在站台中等人，我的样子一定伶仃凄惨。天暗下来，暮色更重，风揣着小雨点拍得我的身体哆嗦作响。我想到回胜见那里。然而与连金说好了不见不散的我又无从选择。我有了一种被应召又被遗弃的感觉。为什么会是这种情形？站在站台上，我真想号啕大哭。我想再回到北京的马路上，那里也有很多失魂落魄的人，但是失魂落魄都与我无关。

连金从出口处向我跑来的时候，我觉得自己很累很累，天色已晚，我甚至不想见他的朋友。

"原来你真的等在站台上啊。"连金一边说一边扯着我的胳膊向出口走。

　　连金并不听我的解释，连金继续说："多亏我的朋友想到你有可能会在站台上等。我们在检票口处等了你有一个小时。"连金扯着我几乎是跑向检票口。出了检票口，连金指着一个高大的男人对我说："他就是我的朋友。"

　　我知道我看男人的第一眼，我第一眼看到男人时心底里流过的那一丝亮光是一种情感。我喜欢好看的东西。就男人而言，我喜欢高大的男人。不仅仅是高大，最好是有着威严的目光或者神情。之外，如果男人的屁股比较性感，不是下垂、扁平的那种，男人的牙齿雪白而整齐，等等。在和异性交往中我通常因为好色而对好看的男人持有好感。

　　正是我喜欢并想念的那种男人。疲劳一扫而光。男人说要请我和连金去一家四川餐厅吃饭。我愿意跟着这个男人走。到日本后，第一次到东京的第一个夜晚，我走在刚刚认识的连金和令我觉得喜欢的男人的身后。已经是傍晚时分。是被浑浊的黑吞噬掉的六点钟。霓虹灯交界时闪烁的纤维状的彩色光环，身边穿梭不止的陌生的人流，高楼墙壁的电视里流出的音乐在空气里颤抖，烤肉的香气……一切的一切，都不禁流离在我的眼里，流离在我的心里，流向我刚刚踏上的陌生的城市并在这个城市的街角处消失。

是的，东京的夜因为我喜欢的男人的出现而变得具体。男人银灰色的西装、男人手旦的黑色雨伞、男人刚刚烫过的迷你般温柔的卷曲的头发。

我的内心被欢喜摇荡出亢奋与幸福。

我依然是那个好色的激情的女孩。

自我介绍后我知道男人姓李，而我喜欢称呼他姓后面的名字。

男人说："既然我们都是同乡，你不如就叫我哥哥。"

我的父母出生在中原，男人的父母也出生在中原。事实上我们的却是在异国相识的同乡的孩子。

我就叫了他一声"翔哥。"

翔哥问我："你想吃什么？还有，你想喝什么？"

我说："随便。"

我本来是为了找工作才不辞遥远和辛苦地跑到东京来见他的，而现在工作已经成为无所谓的事情。隐隐的慌乱和期待牵引着我。我不知道这一次见面是不是一个新的开始，我暗暗地希望它是。

翔哥点了很多菜。现在我完全想不起都是些什么菜了。我能记住的是翔哥叫的那壶国内产的龙井。金色的液体在白色的茶杯中溢出馨香，馨香漂流在我和翔哥之间，山长水远。

"听说你在国内是搞文字工作的，说说你想找什么样的工作。"翔哥看着我说。

我内心闪过诡秘的一笑。如果我不曾因为找过一百多个工作而倍感辛苦，或许我真的会要翔哥帮我找一个出版社的工作来做做。

我一脸诚实地看着翔哥。

我说："我有自知之明。"

我说："现在不是由我来挑选工作，是有没有工作可以让我做。"

我强调说："有工作就可以了。"

一直到连金说已经很晚了我这才想起来还得回胜见那里。连金住东京，翔哥也住在横滨，和我是顺路。连金提议翔哥送送我。我本来已经感谢连金，现在我更加想谢谢连金。

车厢里，我和翔哥坐得很近。我很想翔哥跟我说一点儿什么，但是翔哥一直沉默着，我这才意识到翔哥是一个极其寡言少语的人。刚才在四川餐厅吃饭的时候，说话的好像只有连金。还有，我发现翔哥整体上是一个不透明的人。翔哥的眼睛看我的时候我觉得好像是在被他窥视到什么，但是我不知道他在想什么，我觉得闷。

翔哥到了下车的地方了，我知道失望写在我的脸上。我不知道为什么这么快就会有这种失望的感觉。

翔哥看着我说："我在这里下车，剩下的路你自己要小心，至于工作的事，有了眉目我会给你打电话。"

我的失望好像跟他一点儿关系也没有，翔哥走下电车厢，车厢的门在翔哥的背后关上。

我曾经拥有过很多期待，但是没有几个的结果是完美的。今天也是一样。我真的很想搞懂我内心不断出现的欲望到底是怎么一回事。事实上我知道欲望是搞不懂的，欲望是生来就有的，是天伦。

之后有一个星期翔哥都没有打电话给我。我对与翔哥之间会有什么开始这件事不再抱有希望。或许是胜见感觉到我的百无聊赖，她突然说要带我去附近的车站，她说那里有很多的面包店、饭店什么的，她说由她这个日本人带着我去找工作或许可以找得到。于是我乘胜见的车子随她到了车站。如果不是到日本来，我做梦也不会想我要找面包店和饭店的工作。小学、中学、大学，然后是出版社，我的世界就是一张书桌而已。

在横滨的纲岛车站，胜见带我问过几十家店，摧枯拉朽一般。

所有的地方统统只有那一个答案：外国人不要。

一个外字之隔，我孤零零地被抛在车站外的一条街上，泪水差点儿不禁。我一语不发地拖着胜见向她停车的地方走去，逃离一般。胜见什么都不问。我说："我应该知道是这个结果的。"

我又说："找不到工作也没有关系，大不了一年后我花光了带来的全部存款回国就是了。"我说的是真的。

直到小街斜坡处的那家加油站为止,一路上,我沉闷无语,胜见也无语。车窗外的风沙沙地刮过窗玻璃。没有期待了,没有选择了,也没有被选择了。外边的世界很精彩,外边的世界很无奈,我突然想起这一句陈旧的歌词然后特别想笑。虽然到处不肯接收我这件事对我是一个打击,但是我不会等在日本被活生生地埋葬掉。要么这样,要么就是那样。

"最后试试这家加油站吧。"胜见对我说。

胜见同站长交涉的时候我甚至觉得一切都是与我无关的。在日本,我是千千万万个外国人和千千万万个中国人的影子。

"你什么时候可以上班?"

我看着胜见不作回答。我不知道是我听错了还是这一次真的是一次意外。

"你明天可以来上班吗?"

"真的可以吗?"我反问胜见。

翔哥突然来了电话。

"你怎么样,找到工作了吗?"翔哥在电话里问我。

我努力让自己在电话里不哭，然而我还是忍不住地大声哭起来。谁叫翔哥从见面的一开始就给我一种爱恋的感觉呢。我无法详尽地向翔哥述说我第一天去加油站上班的情形。本来以为只是手执着一块毛巾，有车来加油的时候，我只要擦擦窗玻璃什么的。日本人都是些傻子，没有车来的时候也不坐着休息，就那么直直地站着等着车来。车来了本可以走过去，偏偏要跑上前去。一边跑还要一边大声地喊"欢迎"。腰受不了，腿受不了，更加受不了的是午后突然早早就黑了天下起小雨。雨转雪，雪转冰雹。第一天上班，也太夸张一点儿了罢。我曾经十分喜欢西部的民谣信天游。惨厉的歌声交织着劈裂的唢呐声令我每一次听到都会心抖抖地逼出泪水。用自己的肌肤感触到信天游还是第一次。过去的，正在过去的，即将要来临的……

　　子曰："逝者如斯夫！"

　　现在的一切好像堆积在岩头的泥沙，顷刻之间泥沙俱下。

　　我对翔哥说："我真的受不了，昨天那种天气我在加油站做了八个小时的事，简直是受洋罪，洗车的药水将我的皮肤也搞过敏了。"

　　我说："我想不出来我为了什么要来日本受这份洋罪。还是自找的。"我对翔哥说："如果你介绍给我的工作也如此辛苦的话，我想我还是不在日本混了，我玩够了就回国。"

翔哥在电话的那一端沉默了几秒钟。

翔哥说："你不要那么急着下结论，昨天那种天气是极少有的，你的运气不好被你碰上了。"

"我们见个面吧。"翔哥说。

决心辞掉加油站的二作，每一天对于我来说都是休息天。再说，起码四天前我就盼着翔哥来电话了。早知道翔哥一定有电话来，我才不急着去什么加油站的。

答应翔哥明天就见面，我们定好时间定好地点。然后我放下电话钻到被子里。

不知道今夜会不会做梦。如果有梦可以做的话，今夜的梦应该是新的想像和体验。

人的欲望是不是没有止境的?

6

东急东横线的终点站——樱木町。

翔哥站在香烟的自动售货机前，藏青色的西装上衣配深灰色的水洗布裤。我特地看了看翔哥的屁股，心里突然有了一种想抚摸它的冲动。翔哥小心地看着我。

翔哥说："你的脸看上去好像真的有点儿红肿啊。"

我说："就是洗车用的药水的过敏反应，现在也很痒的。"

翔哥顺便在车站附近的药店买了一支药膏给我，然后说要引见他的父亲给我。

翔哥的父亲在中华街的一家餐厅里等我们。我走在翔哥稍后一点儿的地方，眼睛就是离不开翔哥的屁股。翔哥的屁股给我某种幻想和刺激，我觉得自己有一点儿不正经因而一声不吭地跟在翔哥的后面。这一刻我是苦恼的。

餐厅里人很多，说话的时候不大声喊就听不清楚。我觉得翔哥的父亲选择了一个很糟糕、很烂的地方。翔哥的父亲看上去极年轻，更加像翔哥的哥哥。我本来是有一点儿紧张的，但是翔哥的父亲说话时东张西望根本不看我。面对面说几分钟话我就知道翔哥的父亲东张西望并不是在找人，是习惯。

翔哥坐在我和他父亲的身边。翔哥和我们第一次在池袋的四川餐厅里见面时一样，也是不太说话。翔哥的这副从容安静的神情日后常常浮现在我的心里，特别是我们熟悉了以后，当我们成为相爱的一对男女，一对情侣，我总是熬不过它。对于我这样的一个女人来说，男人的最终意义是一种神秘的感染性以及多余的复杂性。是为了解释一个存在的梦幻。为了这一点，后来我花了很多年的功夫去实践。当我渐渐可以因理解而说明的时候，代价大得要我押上全部的肉体、全部的信心。答案只有一个，是注定好了的。所有的一切，都须重新来过。

翔哥的父亲说要带我去见他的朋友，他的朋友会带我去他的朋友的朋友的制果工场。我看着翔哥，翔哥要我跟着他的父亲走。分手时翔哥说他会给我打电话。

翔哥的父亲带我走进一间办公室。一个中等身材的胖胖的男人等在那里。男人见了我们后即刻站起身来走近我。"会日语吗？"

"会一点儿。"我说。

"那么你就跟我走吧。"

来不及跟翔哥的父亲说一声再见，我已随着男人匆匆忙忙地到了街上。照男人的吩咐我坐在他乘的摩托车的后尾座上。

"搂紧我的腰。"

对于我来说，这是我有生以来第一次乘摩托车。新的体验令我又惊又喜。摩托车的快速使我觉得我的心脏就要跳出心房。

只有五分钟的路程。五分钟里他告诉我制果工场刚好是今天才开张，正在找工人。加上我现在已经找到四个工人。厂长是台湾人，会说北京话。男人还说工场里的活很简单，不用学就可以做，等等。

没想到横滨中华街里的这个角落像极演变出来的袖珍中国。桌子上的录音机里传出我喜欢的邓丽君的歌声。朝我围拢过来的几个人都说着国语。我们的四周是一面面的铁架子，上面摆满了馒头、肉包和月饼什么的。想一想我就要在这种地方和这样几个人一起讨钱生活，我觉得安心很多。带我来的翔哥的父亲的朋友什么时候离去的我没有留心。只感觉他的摩托车像一阵轻烟。

厂长说到了吃饭的时间了，要我吃完饭就换上工作服工作。

片刻间我和他们就熟了。饭是广东来的卫东做的。空心菜在油里炒了一下而已，很难吃，但是茶水是热的。人多热闹，虽然菜不好吃我们还是吃了个底朝天。如果换成过去，我断断不会一边听着邓丽君的歌一边吃饭。邓丽君的歌声哀婉凄怆令我心痛胃痛。我还是第一次听邓丽君的歌声不胃痛，本来以为是不可能的事。

工作确实是简单的。将按照分量称出来的豆沙捏成团团的球，将豆沙球用面皮包起来。厂长姓陈，我们叫他陈师傅。我们是我、广东的卫东、北京的大刘和福建的小林。陈师傅问我们知不知道邓丽君，我们都说知道。陈师傅又问为什么会有那么多人喜欢邓丽君，我们都不回答。说到邓丽君，八七年走红大陆的时候，听惯了进行曲的我从凄婉、哀怨的旋律中晓悟到黑头发、黄皮肤、黑眼睛的中国人原来有着一样的悲伤。悲伤弥漫开来，接下去有张行的《迟到》和张蔷的《东京之夜》，这些有颜色有味道的声音，精灵般在城市的空气里散发着女人、疾病乃至花草等所有一切一切的气息。我病了，城市病了，海突然静了，海水突然凉了。神经在破碎处疲软下来。支离破碎的故事，我十分十分迷恋。

下午很快就过去了。我正想去换衣服的时候，陈师傅说刚才的电话是找我的。以为是翔哥的父亲，却是翔哥。翔哥从哪里知道这家工场的电话的呢？

一想到翔哥会想办法搞到工场的电话我就觉得心在鼓动。我很想快一点儿开始接下去要发生的事。

翔哥在电话的另一端问我："下了班还有什么事吗？"

我说："什么事都没有。"

"我们一起吃饭，"翔哥说："我六点在你住的纲岛车站那里等你，不见不散。"

仅仅是为了吃饭与男人见面，来日本后第一次出现的事。本来我就不喜欢早回胜见那里，四个榻榻米大小的房间除了一张吃饭的桌子什么都没有。翔哥突然约我吃饭让我欢喜，起码有一个人来陪伴我。

还有，我想单独跟翔哥在一起待一会儿。第一次见面时有连金陪着，第二次见面时有翔哥的父亲在身边。

仿佛是一鼓作气般地赶到纲岛车站，看到翔哥一脸平静地跟我打招呼的样子，我不由得又拘束起来。不知道翔哥是否根本将跟我见面的事情不当事情，或者无非萍聚苟合的那一种。

翔哥有一个习惯是我后来悟到的。后来我无数次搬家，我们吃饭的地方换了又换，总是翔哥等我。然而每一次翔哥都是直接带我走进某一家居酒屋或者饭店，翔哥是在见到我之前就已经将情形把握好了。翔哥的这个习惯常常令我想起〇〇七那个电影里的间谍。

没想到日本的居酒屋这样吵。首先是音乐声太大，其次是喝着酒、红着脸、无拘说笑的人的声音掺杂在音乐中十分的鼓噪。我看到一个边用牙签剔牙齿边用另一只手抚摸脚趾的男人远远地坐在我的斜对面。

两年后居酒屋成了我在日本最喜欢逗留的地方。法国小说家安德鲁·勃勒东说过一句话：惬意的生活就是"在一间玻璃房子"里，人人都能看见你，没有任何秘密。

居酒屋是日本人压抑时的"玻璃房子"。在居酒屋里可以想怎么样就怎么样。想怎么样就怎么样就是惬意。惬意在神情里，在手势的触及里，在没有明确的起音与恍惚不定的瞬间溢出，又与无所终结的地方逝去的音乐的旋律中……卡夫卡的名言：生活在真实中。

烫过的日本酒端上来后翔哥为我斟酒。酒盅里升腾出的一股热气在我和翔哥的中间缭绕。我感觉这股热气很像我和翔哥的呼吸。

翔哥一个劲儿地劝我喝酒。翔哥说的台湾国语在我听起来像是婴儿在咬字找腔调，嗲嗲的绵软无力。这种柔弱的声音来自高大的翔哥，其间的矛盾令我有一种无法控制的冲动。我端起酒杯喝了一大口，之后我就不再控制，翔哥要我喝我就喝。我的身体好像在一股纯净的河流里无止无尽、无边无际地扩张开来。

翔哥每一次都是一口就饮尽了酒杯里的酒。我还没有办法像日本女人那样为男人斟酒。最是那低头的一笑，似一朵水莲1花不胜凉风的娇羞，道一声珍重，道一声珍重，那一声珍重里有蜜甜的忧愁。我不漂亮不难看从来不会讨男人欢喜。我不温柔不甜蜜从来不会拥有宝贝的脸。然而翔哥好像对我并没有期待，翔哥很平静。是翔哥一直都在为我的酒杯斟满酒。"你可以对我讲一讲你的事情，"翔哥说："譬如你在中国有那么好的工作，为什么要来日本？"

这个问题是最为令我或者其他来日的人们感到痛苦的问题。你说你不是为了钱谁都不会相信。甚至我自己也不能说当初来日本和想赚更多的钱一点儿关系都没有。九十年代初是大多数人都想出国的年代。出国太难，越难越是想出国。能够出国的人就是有钱的人或者是有能力的人。真正的原因应该是我刚刚和零儿离了婚，离了婚还不得不住在从零儿单位分配到的公寓里。零儿搬走了，我每天进进出出的却要和零儿的同事见面打招呼。痛苦可以由我和零儿分着扛，别扭的感觉就没有办法分着扛了。中邪了一般，我越是想尽快地忘掉零儿，零儿的同事们却是一而再再而三地将零儿提示于我。我想逃也是逃不掉的。我和零儿同属于一个机关，不仅是在公寓，即使是工作上的接触也多是零儿的同事。是的，九十年代初还不知道自己换工作什么的。大学毕业时由学校决定后就被决定了。这些事我不想对翔哥说，说了会有怪怪的感觉，好像我在有意说自己那个国家的坏话，好像自此要求翔哥跟我相依为命似的。

能够确定的是挂在居酒屋墙壁上的那件紫色风衣。是和风衣有关的一张照片，和照片有关的一本书。这样说听起来太复杂了。两年前我在北京饭店的购物处买下这件风衣，穿着它走在北京的街头时曾有迎面走过来的男孩子冲着我竖大拇指说我酷。这样的一件风衣换成在今天的话一定是一般得不得了，然而回到九十年代初的话就是不得了加了不得。

我曾经有一个秋天只穿这一件紫色的风衣。风衣长过小腿，小腿处黑色的长裙罩着高腰靴。大头是年轻人中较有名的画家兼摄影家。大头说我穿这件风衣很像紫丁香的微语。大头说想为我拍一个紫风衣的特辑，就叫跳动的忧伤。照片中我两手插在风衣的口袋里。大头虚实反复地折腾了半天，几十张照片中只有抢拍的那一张令他在看了之后说好。"你看，"大头说："你皱着的眉头，你的眼神，还有你的眼睛里好像挂着湿漉漉的泪水。"大头说他在这张照片中捕捉到了紫丁香跳动着的淡淡的忧伤。

照片被大头放大了一张用木框镶起来挂在我睡觉的床头上。

大头是我最喜欢的朋友，但是我从来就没有给过大头可以和他上床的机会。"为什么？为什么你可以跟那么多人恋爱偏偏就是不给我机会呢？"大头问我。

我对大头说："就是因为你太太养的那几十只宝贝猫啊。"

我说："大头你全身上下里外都散发着猫的腥气。跟你恋爱，仅仅是想象，就会晕倒在某一间小房间里了。"

"你说得也太绝了吧。"大头说。

大头从来不会介意我说他什么。我说什么大头都会迁就我。大头一生中最宠的女人就是我。

大头为我拍的这张照片后来被我用在一本散文集的封面上。书出版后大头看着书的封面说不像散文集像明星照。大头总是令我的情绪可以高高飞扬起来。后来我办出国的时候对大头说："大头你要等着我安定下来，安定下来我就将你也办来日本。"我不会跟大头恋爱，但是我一生都想大头是我最好的朋友。

大头说："我等着你办，但是你要快一点儿。"

"我来日本是因为一张照片。"我对翔哥说。

后来我把那本书寄给了一位因工作关系才认识的日本大学教授。教授收到书后决心要将封面上漂亮的女孩子变成自己的女弟子。这是教授后来自己对我说的。教授给我写了一封信，问我是否愿意到他所在的大学留学。很多是有它的机缘，好比我那时正好与零儿办理离婚手续，好比我正想从单位的那一座公寓里逃出去。"就是这样，我从来没想到要出国，一张照片的缘故，我现在坐在这里和你一起喝酒。"我对翔哥说。"人一生中有很多偶然的东西，有时候一个人的命运就是和另外一个人相遇。"翔哥说。"晚上一个人坐在小房间里，我常常会不由自主地想，我怎么突然间会在胜见的家里呢？我终究是为了什么要来日本受这份洋罪的呢？我不是应该尽快地回到北京吗？我在北京有自己喜欢的工作，还有大头那么多的朋友。我在制果工场的将来又会是什么样子呢？"我对翔哥说。

"不用想那么多。"翔哥说。

"赚钱也是比较现实的事。"翔哥说。

7

从前，当我和另外一个男人第一次发生那种事，在那之前，我总是摆脱不了一种犯罪的感觉。还有根深蒂固的自卑的感觉。也许是我长得不丰满没有自信，也许是我还不懂得真正的做爱因此还没有体验过所谓的快感，我常常觉得和男人聊天远远比做爱要快感得多。欣赏与被欣赏是我和男人交往的中心主题，做爱仅仅是其中的一小部分。但是大多数的男人们的要求很简单，男人们急着上床才会来同我聊天。只有大头是一个例外。大头可以接受我的全部的乱七八糟的感情，唯独不会要求我上床。我知道天底下只有一个大头是真心爱着我的。这一点感知令我觉得活着是快乐的事情。想起大头的时候我会有一点点儿心酸。

翔哥开始看手表，我以为翔哥想回家。时针指着八点。

"我们找一个地方打Kiss。"翔哥说。

几天来习惯了翔哥为我安排的一切，我回答说："好。"

走出居酒屋向右拐，翔哥带我走进一条十分安静的黑幽幽的小街。翔哥轻车直入的样子令我相信翔哥是先我而到将这一带的情况查清楚了。

小街的尽头是几间典型的连在一起的和式木屋。进了大门口，虽然已经是晚上八点了，幽静的橘色的灯光仍旧将茂密的绿树照得鲜明。大门口有一间小屋，窗口处摆着的鲜花似吐着清香。

翔哥和我踏着浓重的夜色走进去。

翔哥和小屋里的女人低声地对了几句话。翔哥将几张钞票交到女人的手里，然后翔哥向我做了一个手势，我理解翔哥是在叫我跟着他走。

翔哥带着我走进了和式木屋中的一套房间。屋子分成两个小间，里边的那间有一套双人的被褥整齐地铺在榻榻米上。外边的这间有一张矮桌摆在中间，桌子上有茶，有烟缸。

此外在里间屋的拐角处有一个卫生间。

我突然明白过来。我怎么早一点儿就没有想到呢？

我觉得面颊发热。喜欢男人并且当男人是情人才会有染，想不到第一次被男人妓女般带到了情人旅馆。这个男人竟然是我喜欢的翔哥。翔哥开始脱裤子。

完全是出于本能，我突然对翔哥说："我想先坐下来喝杯茶。"

翔哥坐下来。我将桌子上的茶冲好，给翔哥和我自己各斟了一杯。

与翔哥相反，我有意将茶喝得很慢。并非没有欲望，我只是不喜欢翔哥的这种方式。这种方式的背后的心理我懂。

翔哥又问我："要不要一起洗一个澡。"

我好像看到了多少天来一直在想象中的翔哥的屁股。翔哥的屁股已经是伸手可及。身体开始热起来。

我和翔哥同时听到了由隔壁房间传来的声音，男女合欢时的愉快的叫声。热起来的身体突然又冷却了下来。快三十岁了，第一次到情人旅馆，第一次如此近距离地听到自己以外的男女做爱的叫声。男人女人为了同一个目的聚集在这里，没有秘密。与其说是我不喜欢这种地方还不如说我不习惯这种地方。我看了看旁边的被褥，带有某种气味的潮湿好像永永远远地渗透在里面。

我觉得恶心。

"或许是我太土气，我以为你带我来是打游戏机。"我无精打采地对翔哥说。

"你是大学毕业生，怎么可能不知道kiss的意思呢？"翔哥以为我是故意的。

"我没有学过英语。"我说。

"即使没有学过英语，kiss这种常用词还是会知道的啊。"

按照翔哥的意思，kiss就像ok、goodbye一样，是人人都知道的常识。偏偏我真的是不知道。我觉得十分尴尬。再解释下去已经自觉是力不从心了。

我突然对翔哥发起火来，我说："是翔哥你太拽，明明是接个吻而已，偏要用打这个字。打游戏机、打的士是理所应当的，吻也可以打的吗？"

我一口气接着说下去。我说："我们都是中国人，你可以说中国话，可以说接吻也可以说亲嘴儿，你甚至可以说日语的。你以为我应该知道kiss的意思，你以为你说英文你就是美国人了吗？"

我说的话已经出题了。

翔哥走过来拍拍我的肩，翔哥告诉我这里不是大声吵架的地方。

不可以大声吵架却可以大声尖叫，一如这般荒谬。翔哥的脸上也显着无法形容的尴尬。我觉得开心。

后来我知道日本的情人旅馆不仅仅是妓女赚钱的地方。比如住房狭小又有孩子因而在家里行事不方便的夫妇们也会一周一次地到这种地方。还有正相恋的一对情人也会来。一对对男女在这里接吻，在这里做爱，颠鸾倒凤般地大声呻吟着……神话在这里背过面孔，新的面孔会继而出现。历史延续下去。

在这里隐匿着一个永无终止的时代，一个自从自然创生男女之后便存在着的骚乱的时代。这里的舞台永远不变，永远都是那么小的一套被褥。

我跟翔哥对坐了良久，没有任何交谈。

到我伸手去取桌子上已经冷掉的茶水时，我与翔哥的目光再次相对。第一次我敢正视翔哥的眼睛，不再自惭形秽。

"我们喝过了茶，我们还是走吧。"我说。

翔哥看上去无精打采地系上拉开的裤链。翔哥不喝茶，旋身从桌子旁边走向门口。我径自走在翔哥的身后，心里想：翔哥再也不会与我见面了。

走回小街，我自己也觉得过于可笑但是不知道为什么还是对翔哥说了。

我说："刚才真的是不好意思，让你白白地破费了钱。"

我羞愧得说不下去，我的意思非常清楚了，今天晚上我不想做那件事，但是换一天的话，换一个地方的话，也许我会做。还有一点是真的心情，谢谢翔哥陪了我这么久。

花未开而已自落。

想表示幸会。想表示再见。

"别装模作样了你。"翔哥说我的时候看上去有点儿气急败坏。

晚冬的风吹过，拂在身体上时肌肤上起了一层鸡皮疙瘩。我停在小街的一棵树底下，寂寞袭来，头脑中一片空白。我发现我忘记了回胜见家的路。

"大陆来的女孩有几个没有同男人上过床的？平时是一万日元玩一次的，你是大学生，我可以给你五万。日本女孩子也不过一、两万日元的。"翔哥还在说。

一只苍狼在我的心中飞掠而去。

毫无疑问，翔哥嚣张地将我视为妓女了。不，翔哥是将所有来日本的大陆女孩都视为妓女了。

美妙的萍水相逢，故乡人在他乡。我追随而至，昨日何在？今日为何日？翔哥就站在我的面前，我和翔哥站在小街上，小街更加令我觉得陌生。对于此刻的我来说，倘若翔哥真的张开他的手臂我想我也不会投身进去。我为翔哥感到羞耻，因为我知道自己是大陆来的中国人，而翔哥似乎不记得台湾人也是中国人。还有，翔哥只不过比我早来日本十几年而已，闭着眼睛我都可以想象出翔哥刚来日本时的情形。有什么不同呢?

在这个帮助了我的男人面前丢人现眼,我只想尽快逃离。盼着和翔哥相见已经是过去的事情了。

我独自向胜见家走去。翔哥追上来,一下子变成了做错事的男孩子般恳求我不要生气。"也许你所说的话是真的,但是,你怎么这么土气。"翔哥说。

"我真的没有想到事情会这样严重,我是说我真的没有想到会这么严重地伤害你。"翔哥一边说一边用双手搂住我的肩,温柔地摇晃着我。

如果真的存在一种单存肉体上或金钱上的诱惑,如果一切都与爱情有关或者根本就不懂得爱情,软弱疲惫的我很想将我的脑袋倚到我喜欢的此时更是温柔的翔哥的肩头上———张踏实的温床。我愿意在上面沉溺,并甜蜜地感觉痛着的位置有一颗心在跳动。

我全神贯注地控制住自己,不要,不要流泪,趁还有可能来得及,起码我可以选择尊严的败退。

我应该还不至于太难堪。

偏偏翔哥拿了几张钱币递给我。

"拿着。"翔哥说。

我推开翔哥递到面前的钱，开始更加急步地走。

翔哥再次追上我。事情被翔哥搞夸张了。

我说："翔哥你不要再烦我了，我要回家。"

翔哥说："我向你保证，这钱我只是借给你，你领了工资后可以还给我。明天是月末，你还要付房费。"

翔哥将钱塞到我风衣的口袋后就丢下我扬长而去。

有点儿古怪，但好像并不是十分的糟糕。我来不及追上翔哥，也来不及告诉翔哥再见或者不再见。看着翔哥的背影，我绝望地发现我比以前更加强烈地爱恋他。在小街的街角处我独自站了很久很久。这是一条泛滥着惆怅的小街。

8

午休有一个小时。二十分钟就可以吃完饭了。工场没有休息室，没有地方可去，我走出工作间，在一楼和二楼的阶梯处坐下来。闭上眼睛后我又想起翔哥。继那个没有说再见的夜晚，有一个星期的时间过去了，翔哥没有再打电话来。翔哥给我的钱我没有花，还原数装在我的口袋里，正如灼热烙在身体上的一块痕迹。

诺亚方舟的意义是让人类的故事可以继续演下去。翔哥之于我，像极了扎在手指上的一根芒刺。我觉得痛，仔细寻找刺的时候，却发现刺已经不存在了。残留着的一点点痛楚好像安慰。

无时无刻不想着翔哥，我患了神经衰弱症。

我拼命忆起那一家情人旅馆的名字叫富士。

我确定有人在我的额头上亲了一下。不可能是翔哥。大吃一惊地睁开眼睛，陈师傅的脸直逼在眼前正冲着我笑。分不清是真是梦，以为自己在这里沉思了几生几世，也不过十几分钟而已。有了那一天和翔哥在富士旅馆的经历，我想陈师傅也是因为我是从大陆来的女孩才会如此放肆。我十分理性。"为什么你要这么做？"我问陈师傅。

"午休的时间快完了，我看见你还睡在这里，想叫你又怕吓到你，所以这样做了，你知道这样比较温柔。"陈师傅说。

我不说话，我有意令自己的两只眼睛放出冷冷的光，我用冷冷的光逼视着陈师傅。陈师傅的脸太白，白得过分令我觉得恶心。陈师傅的脸本身就是他每天制作的发面馒头。我永远都不可能跟这样一张脸发生关系。

整整一个下午，我干活心不在焉。我十分怀念起大头来。在国内的时候，无论我开心或者不开心，总是和大头一起分享。大头是那种召之即来挥之即去的朋友。我后悔我没有对大头再温柔一点儿。此时我对大头的思念可以说是铭心刻骨的。

陈师傅忽然问我："你做了这几天的工有什么感觉？"

我懒得理他就回答说："马马虎虎。"

陈师傅接着说："你们大陆人不行就是不行在马马虎虎这四个字上。大陆人得过且过，日本人就不一样。"

陈师傅说的本来是有一点儿道理的，但是我一听到他的声音就心烦，我打断他的话。

我说："陈师傅你是台湾人，台湾人算不算中国人呢？台湾人和大陆人一样，一样都有你说的中国人的国民性。"

陈师傅一脸的尴尬，我感觉好极了。

　　大陆人和台湾人都属于中国人，有着相同的文化背景和国民性。是历史将它们处理成彩色、黑白的两个版本。多少年后我作为访问学者被台湾政府邀请去台湾，我在台湾滞留了一个月，几乎走遍了台湾的山山水水。我更加不明白台湾人莫名其妙的优越感来自于哪里。坐在汽车里从台北机场去台北时，印象最深的是晾在陈旧公寓的阳台上的女人的胸罩和三角裤。走在台北的马路上，身边的一个人，我记不住名字了，那个人说一点儿也没有觉得是走在国外的马路上。至于于我，我觉得是走在我常出差的那些地方的中小城市，好像烟台或者是天津这样的城市。在难熬的酷暑里，我们选择晚上去夜市吃台湾风味的小吃，我在一辆推车前站住想买烤鱿鱼，钱还没有递上去，对方突然推着车子跑掉了。混乱中我听见有人在喊警察来了，台北也不例外。警察是无营业执照的小贩们的噩梦。大陆和台湾就像一张纸的反正面，只是相互看不见对方罢了。

　　从我和陈师傅开始，一场无硝烟的战争跨越台湾和大陆的空间悄悄地拉开了序幕。一对一，本来我是轻松地抱着好玩的心理的，但是福建的小林，这个有着黑色的皮肤黑色的大眼睛的女人，她成为陈师傅手中的武器，令我连连挫败。特权是什么？

陈师傅在我们巧合地相遇于车站的时候对我说，他愿意每个月给我十八万日元，只要我肯做他的情妇。我觉得陈师傅的脑袋有一点儿不正常。陈师傅说他并不要求每天都和我怎么样，只是偶尔而已。

陈师傅故意将话说得比较含蓄。但是怎么样、偶尔等话语的意思我当然懂。台湾是最晚废弃妻妾制的，几乎全世界的男人都喜欢在外面搞七捻三，台湾的男人更喜欢金屋藏娇包小老婆。我需要钱，在工场里打工也不过是为了赚学费和房费。但是我说过我永远都不会和陈师傅有那种关系的，因为我对陈师傅有一种生理上的厌恶。陈师傅太白了，发面馒头的那种白，带着某种食物的气味。还有，永远戴着帽子的陈师傅的头发是一种无止境的想象，里面藏着太多不美的形象。

一个星期后翔哥打电话到工厂，再一次约我晚上去喝酒。仍然在老地方，纲岛车站的那一家居酒屋。

翔哥说我一天两顿在工场吃工作餐，营养一定不足。翔哥叫了生鱼片、虾、蔬菜等十几个菜。因为有一点儿尴尬，我装模作样地看着桌子上的菜说真漂亮，漂亮得舍不得动筷子。盛生鱼片的器具是一块长方形的木板，木板上铺一层碎冰块，冰块上铺一缕缕切成粉丝般细长的萝卜丝，萝卜丝上插一把紫红色的小木伞，木伞下摆着红白两色的几片生鱼，似电影中的一个外景镜头，似一幅画。

花很贵的钱叫生鱼片就只有这么几片，但是值。好比花钱看一幅极美的画。不能聊我和翔哥之间的事，我就聊工场的事。

我告诉翔哥工场里的陈师傅有意刺激我就和福建的小林搞上了。怕我不知道，陈师傅有意让小林加班多挣工点费，有意将那些有缺欠的月饼、肉包什么的让小林带回去。我只是暗暗地笑。有时候我也会特别生气。陈师傅故意搬来一把椅子让小林坐着称豆沙。让什么人坐不让什么人坐，陈师傅有绝对的权威。我第一次觉得我自己是那么窝囊，现实有一点儿令我接受不了。

受不了却还是留在工场里，我无法对翔哥说再帮我找一份工作。

有一天午休，北京的刘利说工场的二楼是无人居住的新居，房间都没有上锁。我和刘利跑到二楼，果然是新房。大约只有一楼租给我们的工场，二楼还没有找到租主。在新房里休息远远胜过阶梯。我和刘利各自找来纸盒箱，我们将纸盒箱拆开铺在阳光普照的地方。没有枕头，刘利脱下他脚上的鞋子垫到头下。刘利躺着我坐着，我们乱七八糟地聊。我说："我们现在的情形好像

'闪闪的红星'里面的潘冬子，天当房地当床。"刘利说："我们比潘冬子强，虽然是地当床但是房子是真房子，还有，我们有肉包米饭可以吃不必用野菜野果当干粮。"

午休开始快乐起来。我发现刘利的脖子上有一根和我一样的红绳。刘利给我看吊在他脖子上的那块绿色的玉。

我大叫一声。

我一边给刘利看我脖子上戴着的玉一边对刘利说："你的玉和我脖子上吊着的玉是一样的。"

想不到在这间无人居住的空房里我和刘利之间暗自有了那种宝玉和黛玉之间才会有的微妙的感觉和兴奋。红楼梦。软红十丈。

以后我和刘利每一天都到二楼去休息，我花一百日元买了一块塑料布，我喜欢坐在塑料布上和刘利聊我们那个时代的人物和世事。刘利去农村插过队，回城后因为喜欢书在一次去书店偷书的时候被抓坐过牢，出狱后自己开了一家小书店却赔了很多钱，因此刘利说他不喜欢我喜欢的什么《再回首》和《90恋曲》。

"太沉重了。太不现实了。"刘利感叹地说。

刘利说："我就是认识钱。钱钱钱，现在在工场里做工就是为了赚钱。为了赚钱做什么都行。"

我相信刘利说他为了赚钱什么都肯做这句话是真的。有一次刘利问我在学校里的时候是否用电脑，他说如果我需要电脑的话可以跟他说，他会以市场上的半价买一台新的。我联想起电视上常常有的犯罪新闻，在日的中国人和伊朗人仿制信用卡并用仿制的信用卡买下高价商品，之后再将商品低价售出以套取现金。

我担心刘利，但是我无法直接问他或者劝诫他。

"不会被发现吗？"我有意淡淡地问。

刘利说："仿制的卡号通常是那些极有钱的人，一次刷掉几十万日元，真正的卡主根本不会留意。"刘利看看我，大约觉得什么地方不太合适，就说是他的朋友们在这么做。"我并不参与。"刘利说。

我绝对不相信刘利没有参与，我只是希望刘利不要太早就被抓起来。

酒喝得差不多了，翔哥大约觉得我的缄默是因为工场里不愉快的事。翔哥说他和陈师傅虽然同是台湾人，但他是台湾的外省人。台湾的当地人与外省人不一样，当地人在台湾混得好的话也不会跑到日本来给日本人打工。翔哥说，陈师傅不过是来日本的新人面前的暴发户而已。

翔哥如此说陈师傅对我是一种安慰。

我说回去多少年的话，根本无法想象我们会在日本的居酒屋一起喝酒，那时我们的口号是将生活在水深火热之中的台湾人民解放出来。翔哥说那时他们的口号是将生活在水深火热之中的大陆人民解放出来。

我和翔哥同时笑起来。

现在的话题不是谁救谁，是和平与交流。

说到和平，关于我与陈师傅，关于我现在的工作，关于我与刘利，期间想舍又无法割舍的现实是明明白白的。有一句话是退一步海阔天空。

在车站和翔哥分手的时候我对翔哥说谢谢。

翔哥说："谢什么啊，不过吃一顿饭而已。"

我说："今天是我的生日，谢谢你陪我度过了一个愉快的生日。"

因为我说是我的生日，翔哥便要去车站里的商店给我买一份礼物。

"不用了，"我说："吃饭就是庆贺了。"

"那不一样，如果吃饭前就知道是你的生日的话我会另有安排的。"翔哥说。

我和翔哥去商店。翔哥用他的大手攥着我的手，我的心像小鼓点儿那样地跳。我感到我的手心出了很多汗。我不想抽出我的手，我相信我的汗水将我的心情渗入翔哥的皮肤给他某一种启示。

翔哥要我挑礼物。要什么好呢？我想要一套睡衣。我喜欢在夜晚想象我喜欢的男人，我喜欢的男人送我的睡衣永远温柔令我融化，我在期间获得无法言传无法对他人诉说的快乐和满足的梦。

"你帮我挑吧。"我说。

我喜欢翔哥以他的意思和眼光为我挑。翔哥为我挑选了一件T恤和一套睡衣。后来翔哥为我挑选的这套蛋黄色的睡衣跟了我八年。我本来还以为这套睡衣会跟着我一辈子呢。睡衣由黄色至白色然后是脏兮兮的分不清颜色。不过我最终还是没有舍得丢掉它，我将它转送给一个来自于农村的留学生。我对这位留学生说你不要看它旧，它或许会给你带来你想要的好运气。

天空中没有星星，只有澄明的月将眼前的世界照得一片温柔。我放眼望着通往富士情人旅馆的那一条小街，依稀可以看见碧绿的树，树下一条小狗正跟随主人慢慢地散步。富士情人旅馆已经成为记忆中永远存在的一个地方，不再与时间和地点有关。第一次，我第一次在呼吸晚风时感到忧伤的平静是那么美。想对翔哥说一句我很高兴我很喜欢诸如此类的话，但是我和翔哥都已经是一大把的年龄了，何苦还要做作呢。

翔哥说要送送我。一直以来翔哥只知道我住在纲岛，翔哥不知道我在纲岛还要换公共汽车，还要坐五站。翔哥坚持要送我。在小丘的脚下，翔哥看着森林般茂密的树林中铺就的一条小路问我："还要攀登这条小路吗？"我说："当然。"

翔哥牵着我的手向小路走。小路的途中每隔一段设有一盏灯，昏昏黄黄的。小路是由石头铺就的台阶，台阶很宽，我和翔哥攀到中间时开始喘息。"休息一下吧。"我说。

翔哥说："不用。"

我说："这里不过是小路的一半，小路一共有一百三十二阶的，一口气登上去不是轻松的啊。"翔哥向四周环视了一下，突然发现了什么似的将我的手攥得更紧。

翔哥说："如果不是我眼睛花的话，这条小路的四周是坟地。"

我说："就是埋死人的坟地啊。"

翔哥问我："你不怕吗？"

"怎么会不怕的？当然怕，前不见古人后不见来者的，不怕人也怕鬼的。"我说。翔哥说："与其担心鬼，我更加担心的是痴汉，日本的痴汉特别多，你一个女孩子走这样的夜路很危险，你最好每天带一把伞用来防身，日本的痴汉怕硬的凶的人。"我说："我每天攀到最后一阶时都已经汗流浃背的，不是累的是吓的。"翔哥这时松开攥着我的手将我一下子挟到他的胳肢窝旦，翔哥拎着我就像拎着一只布袋，我是被翔哥提到山顶的。

很幸福的感觉。不得不分手了我开始感到悲伤，真希望有一间自己的小房子，今天晚上翔哥给我的感受令我觉得比任何时候都需要一间自己的小房子。

翔哥说："再见。"

我说："再见。"

我站在原地不动，我想看着翔哥走下去。

翔哥说："你快一点儿回胜见的家里，好好休息，我叫出租车下山。"

我向胜见的家走去，一步三回头。翔哥一直站在原地向我摆手。

有一阵风吹过。我喜欢的男人站在一棵梧桐树的下面，风将墓地的湿度和气息吹到他的身上。悲伤无尽。墓地是完美的徘徊，完美的缔造，永无休止。

晚安。

　　果真如翔哥所说。

　　我穿着翔哥新买给我的衣服走进工场。从大陆带来日本的衣服都被翔哥处理掉了。后来刘利告诉我，他说我走进工场大门的时候好像一片云彩飘了进来。我已经很长时间没有被人如此美丽地形容过了。刘利不是文人，刘利可以如此形容我令我意识到我依然年轻或者美貌。当然我还只有二十几岁啊。我开始将工作服往新衣上套。陈师傅上上下下地打量我。

　　"哇，是鳄鱼牌的T恤。名牌啊，少说也值八、九千日元。刚刚才打几天工啊。"我一动不动地站在原地看新衣上鳄鱼的刺绣。有生以来我第一次知道衣服有名牌。在国内的时候喜欢买衣服，选来选去都是随心所欲。衣服的联想来自于商店街而不是品牌。突然间发现自己远远不及自己所估量的范围。鳄鱼只是通向更加广阔更加丰富的世界的一个小小的窗口。小小窗口逼真地将我生活的边缘显现出来。陈师傅也绝，仅仅一个品牌商标而已，却偷天换日地将我的处境都挖苦了。我无话可说，我不知道应该如何回陈师傅的话，我满头的雾水。

远远不止这一点儿。

午休的时候，我和刘利在三楼的空屋里闲聊，卫东走了进来。

"工资拿到了吗？"

想起饭前陈师傅曾经将装有工资的信封交给我。

"拿到了。"我说。

刘利说："我也拿到了。"

"可以告知我是多少钱吗？"

我和刘利相互看看对方，不知道有什么理由可以不告诉卫东。我和刘利数了数信封里的钱。

"十六万的样子。"

"我和你差不多。"刘利说。

卫东蹲在地上，他开始抚摸自己的头发。

卫东说："我说了你们可别急。"

原来卫东无意间听到陈师傅给老板打电话。电话的内容是关于林真的工资。

林真的工资长了。一个小时比我们多一百日元。卫东看上去有一点儿气急败坏。

"同一天在工场就职，同样的工作，有什么理由林真的工资要比我们高？"刘利也愤愤不平。

我本来想说一点儿什么，但是我突然想起了翔哥。想起了我和翔哥将来有可能发展的那样一种关系。如果不是林真自己将自己的丈夫介绍给陈师傅，如果不是什么都不知道的林真的丈夫经常到工场来和陈师傅聊天的话。凭借陈师傅和林真的男女关系，凭借陈师傅为一家工场之主，林真比我们多拿一百日元我觉得是天经地义。

男女关系也是特权。

只是林真的丈夫好可怜。林真为什么不考虑自己丈夫的面子和感受。"兔子不吃窝边草。"我说。

更何况我和陈师傅有过节。我是清馨的空气而陈师傅是发了霉的面包。

"婊子，婊子养的。"

刘利不愧是开过书店的。他用相同的一个词同时骂了两个人。

卫东像一个影子般突然慢慢地站起来。

"说心里话，我觉得你们两个人继续在这个工场里做下去也没有什么意义，没有前途。以你们和陈师傅的过节，你们永远也不会长工资。你们不长工资没有关系，问题是你们影响了我。"卫东逃跑般地冲出了房间。

好久好久我和刘利都没有说话。休息时间快结束的时候，我看见刘利点燃一支香烟。在火柴的燃烧着的明亮里，刘利的肤色比原来更加苍白。"卫东说的是真的。我不想折腾了。再待一个月我真的就回国。"刘利说。我说："你不是想赚很多很多的钱吗？"

我又说："你的书店不是已经关掉了吗？"

我问刘利："你不是还想重新做一番事业吗？"

在这个工场里唯一与我相依为命的刘利说他一个月后就回国令我觉得不太真实。不，是我不愿相信它会成真。刘利如果回国了，我就等于被活埋在这家工场里了。刘利是我唯一能够留在这家工场里的理由。

我忽然觉得卫东挺讨厌的，就为了一点点儿钱。本来我们应该相互安慰的。

然而我很快就冷静下来。我在第一次见大学教授的时候就明确地对教授说，我说我来日本不是为了学历和钱，我说我是想了解日本的文化和风情，我还说我想了解日本人的国民性，因为我在乎的是能否写出我自己喜欢的文字。是的，我来日本因为出于偶然所以没有具体的意义。基本上我一个人吃饱了穿暖了其余的就全都与我无关了。我可以像房顶上那只乌黑幽雅的乌鸦，除非不得已便永远地立在阳光下的电线上。我的烦恼是奢侈的。我愿意一辈子都烦恼，这样我会一辈子为烦恼写散文写小说。

卫东要养家所以要赚很多很多的钱。刘利的签证已经过期所以是不法滞在。为了不给日本警察发现的借口，刘利不敢穿着制服走出工场的大门，刘利也不敢骑自行车。刘利始终处于神经质的状态下，始终被动，始终无助除了我和他的家人对他的安慰。刘利随时有可能被日本的警察抓到然后遣送回国。刘利是灰不溜秋的，是恐惧的。我不能不在乎卫东和刘利的感受。无论在什么样的环境中我基本上还是想成为一个美丽的善解人意的女人。

整整一个下午我无语。我始终被一种心情包裹着。十七岁离开家乡开始独自在这里那里闯，好多好多的任性、创伤和乱七八糟都交给那时那刻的好朋友。岁月将好朋友们带给我再带走他们。如今在日本这家小小的工场里，刘利也要离开我了。逝去的再来的都是伤感。分离如人生的主题曲流转在我心里的每一根神经上，有知有觉。人生的位置总好像是后退了又后退。我想哭想流泪。我是空屋的看守人。

卫东见我一个下午都不肯说话误以为我是在生他的气。去中华街的饭店送过货，卫东一直在我的身边小声说你不要生气。这个有着圆脸厚嘴唇满头怒气冲天般直立着的头发的广东男孩，他试着挽回他的冲动所带来的后果。于是我告诉他说："我没有生你的气。"

我说："我理解你的心情。"

"是真的吗？"

"真的。我只是心情不好，与你无关。"我说。

"我不是说你们最好离开这里吗？"卫东说："刚才我去中华街，富贵阁刚好贴出一张招人广告。招女服务生。富贵阁是很大很漂亮很有名的饭店。"卫东有意连用很字。卫东说富贵阁的工资比这里要高出很多。卫东又用了一个很字。我忍不住笑起来。

卫东说："我不是女生，不然我才不会将这个情报告知于你。"

我没有信心，没有介绍人自己主动找上门去的事我已经失败了一百次。"可是这里是中华街。中华街里的老板都是中国人。中国人请中国人做事理所应当。再过几天就是五月。五月初是日本的黄金周。日本举国上下都休息。中华街那时候人山人海，饭店忙得不得了。"卫东说。我与卫东的谈话简单得不得了。问答式的。我觉得卫东所说的一切都与我没有关系。虽然已经是四月末，风中仍然带着凉意。反正脖子上挂着与我同样的翠玉的刘利要回国了，我又不坚强。好像放风筝，先是来到了加油站，接下去来到了这家工场。接下去，管它是哪里呢？

富贵阁朱栏玉砌、富贵堂皇。果然如卫东所说，富贵阁的正门口的看板上白纸红字写着以下几个大字：急募女服务员。竟然是中文。

柜台处接客的是一位小姐。一条大辫子甩在背后，粉红色的旗袍衬托出炉火纯青的丰乳肥臀。后来我知道人们都叫她赵小姐。知道她同翔哥一样也来自于台湾。搞不清的是她的嘴很大，为什么她的嘴很大却只会令人感到性感。是的，她从头到脚都散发出性的恍惚。我一下子就喜欢上她了。我同时也喜欢与漂亮的女人做朋友。我们成为朋友后她经常到我家里来玩儿。一次我正和翔哥吃饭的时候她突然来访，虽然我故意将翔哥介绍成我哥哥的朋友，她还是发现了什么。她发现了什么是因为她不仅是我的朋友，她同时还是翔哥的太太的朋友。她将在我家里遇到翔哥的事情说给了翔哥的太太，事情差一点儿复杂，这是后话，以后再说。

赵小姐带我乘电梯从四楼出来。看上去十分慈祥的一个老人坐在一张小桌子的前面。"猫宁。"赵小姐突然叫了一声。

以为猫宁是老人的名字，不想老人回了一句你好。我方才明白猫宁是英文的Good Morning，是早上好的意思。我有一点儿哭笑不得。

老人来自于广州，是富贵阁的部长。面接简单得令我不敢相信。部长只问了问我是否有外国人登录卡，是否会说日语。然后部长就问我什么时候可以到饭店工作。

工资比工场高很多。虽然我刚刚到国外对金钱还不是十分有感觉，但是对分外不同的数字的差异我还是感觉到了。

我本来想明天或者即可离开工场到富贵阁，但是我想起刘利。我在选择日期时犹豫了几秒钟。这几秒钟很是漫长。我将到富贵阁的日子安排到三天以后。

我当真以为部长是中国人所以我才会如此简单地就职。到富贵阁以后我才知道部长有一个儿子也在富贵阁。部长的儿子叫桥本。

桥本三十七岁，独身。开始我不明白高大英俊的桥本为什么一直独身。后来一起工作，后来我和桥本做了邻居桥本成为暗处默默窥视我的一双眼睛，桥本是秃顶，桥本有太多令人产生生理厌恶的嗜好等等，我才完全理解了。并且我知道了部长在面接时决定采用我的那个瞬间就将我看成他未来的儿媳妇了。这也是后话，也留在以后说。我是趁陈师傅有事外出时偷偷溜到富贵阁面接的。我回到工场的时候陈师傅还没有回来。一切都做得天衣无缝。

我不直接对刘利说面接的结果。

我对刘利说："卫东可以放下一半的心了。"

刘利什么都明白了，他无精打采地问："你什么时候过去？"

"三天以后。"我说。

刘利说："谢谢。"

我说："虽然你在日本只打算待一个月，一个人对付陈师傅或许会比较难熬。"刘利冷冷地抛出一句话："大不了我当柴火劈了他。"

我吓了一跳。隐隐觉得有一点儿对不起刘利。说好了相互安慰的我却先走了。我好像是逃跑了。是什么将我们的处境搞得乱七八糟的呢？午休的时候，在三楼的空房里，我觉得自己的双手冰凉冰凉的。我想用这双冰凉的手抚摸一下刘利以表示我对他的担心和安慰。但是刘利面无表情地凝视着窗外。在刘利的眼里，或许看见天空有悲伤的云。是悲伤的云在飘逝。我离刘利很近，我们胸前都挂着翡翠的玉，我却只能无奈地看着他无法将他带到我可以去的地方。我和刘利面对面地坐着暗自忧伤。

休息快结束的时候我对刘利说："我先去富贵阁，也许富贵阁还需要工人好比男服务生或者洗碗工什么的，我即刻就介绍你过去。"我说："你去了富贵阁也许就不必急着回国了。"

类似的承诺在我到日本之前对大头也做过。明知道是空洞的也还是要说。虽保证不了什么但是好像一种支撑在心里。至于大头，至于刘利，我是他们特殊的朋友。是永垂不朽的那一种，从来不需要想起永远也不会忘记。

下午的工作是我和刘利一起洗蒸肉包的机器。陈师傅已经回到了工场。水流溅到机器上，溅到我的手上，溅到刘利的手上，再溅落在沉默着的我和刘利的四周。

一个下午我都在走神，陈师傅也终于忍不住对我说你干活最好有一个干活的样子。长到这个年龄在工作上被人指点还是第一次。我在心里说"操"。我很想就这个机会歇斯底里地发作一次。因为不习惯被人指点，我觉得是人格上受到了伤害。然而想到刘利我还是决定忍气吞声。我只是觉得不自在，觉得有一点儿羞耻。我本来应该在北京和那些编辑、作家朋友们在一起，应该在鼓楼的小店里吃爆肚，在前门的全聚德吃烤鸭。今天我所面临的一切我应该如何接受？我自作自受顾影自怜、我是自找的。再见我的爱人。如今我非常非常想回国，想大头。

犹豫了很久我终于从胜见的家里溜出来。我走近一座公用电话机将几个铜色的硬币挨进收钱口，拨了几个号码，我一鼓作气地说下去。

"你欺人太甚。"

"你乱用职权。"

"为了报复我不和你睡觉，你就故意刁难我。"

"你以为我不知道你和林真搞在一起。你和林真在我们下班后就在工场里做那种事。你卑鄙无耻下流。"

不知不觉之间我真的来了气变得更加气势汹汹。

"你故意跑到老板那里说我和刘利的坏话，你故意想老板炒我们的鱿鱼（这是卫东告知我的）。"陈师傅说："如果我想炒掉你们你们也没有办法。"

　　"怎么会？"我说："我当然有办法。反正我三天后就离开工场，但是你会继续留在那里。我可以令你家破业失。刚才的话我会告知你的太太和老板。我知道你太太在哪里卖月饼。我也知道老板每天几点钟在哪里饮茶。"

　　我流泪了。一种污浊的东西一泻千里般地逝去。我心情舒畅地放下电话回到胜见的家里。或许我真的没有说错话也真的没有做错事。但是我自己也觉得自己的这个手段有一点儿低级。每一个人都有这样低级下流的时刻。我的对手陈师傅他简直就是人渣一具。

　　夜里我无法入眠。以为翔哥会有电话来可是翔哥没有打。失眠的时候我想到要翔哥来陪伴我。期待是模糊的破碎的充满想象的。劳伦斯说所有的性都来自于脑。我在想象中觉得开始窒闷觉得透不过气。第一次，有生以来第一次我一边想象一个喜欢的男人一边玩弄了自己的那个地方。我疲倦至极，酣然而睡。

工场位于石川町车站的北面。由车站到工场是一条迷惘忧伤的曲曲弯弯而细又长的小路。不久就要向这条小路分手说再见了。忧伤令我想起俄罗斯民歌小路中那只肩头上的鸽子。小路的中间有一所加油站。加油站的附近有成群结队的流浪汉总是蓬头垢面地坐在角落中的纸盒上。他们目中无人。与他们形成强烈比照的是几个韩国人，每天都能看到他们。他们总是通宵达旦地喝着酒，阳光下他们面孔是紫红紫红的。他们的目光追随着所有过往的行人，用我听不董的语言打着看上去猥亵的招呼。他们也向我打招呼。我想除却酒他们应该没有别的乐趣。因为他们不可能得到女人。日本社会曾经是富余的，现在不景气也不至于贫困。过剩的生产中有一部分人不被社会所光顾。自由是安慰他们给他们活下去的借口的一种宗教，而他们大多死于孤独、寒冷、饥饿和疾病。是的，日本许多繁华的大车站和美丽的大公园里生存着的几十万流浪汉，他们是我对日本社会的新的发现。流浪汉像日本社会的一块不体面的招牌。

或许我感受到肩头上有那只忧伤的鸽子，我第一次对那几个韩国醉鬼们做了一个手势。韩国醉鬼们哇哇地欢笑起来。我有一点儿幸灾乐祸。幸灾乐祸的心情是今天一天的开始。

我正想推开工场的大门，陈师傅从门缝里挤出身来。

"我们两个人再好好地谈一谈。"

陈师傅用手指着我曾经用来休息的那个台阶。陈师傅曾经在那里吻过我的额头。我随陈师傅走过去。

"昨天你放下电话后我觉得还有一些话没有来得及说。我本来是喜欢你想给你钱，想可以有机会常常在一起。但是我现在知道我错了。你可不可以原谅我？"明知道陈师傅其实只是在恐惧老板和太太，我还是一下子就原谅了陈师傅。理由很简单，陈师傅毕竟是如此的一大把年龄。不偷情的男人是世界上最后的一片净土，而净土已经稀少。据电视节目的报导，由于地球温暖化的影响连珠穆拉马峰也出现了苍蝇。

翔哥终于来电话了。

翔哥突然约我在纲岛前一站的新丸子站的检票口等他。

翔哥从检票口出来说一声你好就牵着我的手走。我们在一座咖啡色的五层公寓前站定。翔哥带我走进公寓，带我乘电梯又在四楼出来，最后带我在四〇六号房间的门前站定。翔哥从口袋里掏出钥匙。打开房间的门，走进去，转过身来对我说："进来。"

我也走进去，翔哥随后将门关上。

翔哥脱掉鞋子，灰色的袜子上有可爱的兔子的刺绣。日后我慢慢地了解到一些衣物的品牌后知道翔哥当日穿的袜子是花花公子。我也脱掉鞋子随翔哥进房间。咖啡色的双人床上是米色的床单和被褥。米色的地毯、米色的窗帘、橙黄色的灯光、洗澡间里翠玉色的浴缸、温馨的房间。有一个这样温馨好看的房间是通向我欲望中的第一个目标。

翔哥说他认识的一个台湾女孩因为必须回台湾帮她妈妈酒吧

的忙，将这间刚刚签约不久的房间转租给了他。翔哥说："从今天开始，你就可以住在这里。"

翔哥说："你再也不需要害怕那条坟地里的小路。"

像翔哥的阴谋，像我想象中的神话。四〇六号房间对于四月六日为生日的我来说，简直就是传奇小说离奇得近于失真。和翔哥认识后我一直在等这样一间小小的属于我自己的房间，天啊我真的有了。翔哥说："明天我帮你去胜见的家里搬你的东西。"

翔哥说："你的那点儿随身之物一辆的士就够了。"

翔哥问我："如果你同意的话，我是否可以携带两把钥匙中的一把。"

翔哥说："以后再约会就在这里见面。'翔哥看着我等我的回答。

我看翔哥，发现翔哥的眼睛里除却等我的回答还隐藏着另外一种意思。我当然明白那意思。翔哥此刻的眼神早在那家叫富士的情人旅馆中就抚摸过了。我曾拒绝过翔哥这眼神中的意思，但是后来我发现我会时常想起它并留恋它。我点了点头。

今天是我休息的日子。和翔哥第一次在大白天约会。天晴万里无云。

和那一次去富士情人旅馆一样，翔哥开始说好了是吻，结果一开始就脱裤子。翔哥后来一直都是如此，翔哥是一个不做前戏的人。我们上了很多次床，但是我们好像一直也没有相濡以沫的爱情。浴室里传出哗哗的流水声。流水声也很快就结束了。日后我和翔哥一起入浴，唯有入浴才是我们上床前的前戏。挥之不去的腾腾热气之中本来可以有无休无止的想象或行为，但是翔哥直接到只那一个地方用洗洁精。一瞬间的热浪一瞬间的濡湿然后就是通向床的目标。其实我喜欢洗洁精的香味，缭绕着似抚摸。

我在中国国内的时候很长的一段时间里都是用洁花。用洁花是因为和我在同一家杂志社工作的瘦马参加洁花广告募集大奖活动居然中了个三等。瘦马的广告用语是你与洁花同在青春与你同在。洁花是人与青春长伴。洁花是泛滥着朝气与快乐的泡沫。

与翔哥上床前想起瘦马和瘦马的广告，我已经幻影交错。

提到瘦马，大头在国际长途电话里告诉我说瘦马现在是鼎鼎有名的人，不知道什么时候成了著名的古董家。他不仅拥有自己的古董博物馆，央视每天还给他半小时做古董解说。他已经是家财万贯。其实我在一次回国的时候，在国际饭店的房间里从电视上看到过瘦马的古董解说。那个时候我就已经感慨万千，觉得很难与我印象中的瘦马对上号。在我的印象中，瘦马是一个瘦瘦的文学青年，喜欢穿带皮筋的裤子和凉鞋。瘦马的位置就在我旁边，我记得有一次我告知瘦马，我说你的脖子因为太长时间没有洗过看上去像铜墙铁壁。我还记得瘦马将我带到他的家里向我显示他珍藏的几件古董。是的，那个时候也就是几件古董。由几件古董到博物馆，我想说的是命运。也许连瘦马自己也出乎意料。命运是什么？是礼物，来自于上帝的礼物。

洗洁精令我想起洁花。洁花令我想起瘦马。逻辑上和瘦马当年所做的广告一模一样。瘦马万万也不会想到，多少年以后我会在海外和一个台湾男人上床时想起他和他的广告来。我更没有想到翔哥会因为洁花而改变了他的习惯。

翔哥说做那种事时芬芳固然重要，但是还有许多其他的东西更加刺激人。翔哥在床上铺了一块四方形的大极了的毛巾。毛巾是红色的，鲜红鲜红的好像凝聚着某种强烈的欲望和激情。翔哥让我睡到毛巾上，轻轻地剥掉我的睡衣、乳罩和内裤。

就这样躺着不要动。

翔哥命令过后走到厨房。厨房里赵小姐留下她搬不去台湾的冰箱和微波炉。不知道是赵小姐留下来的还是翔哥事前预备好的，我没有问翔哥也没有解释。翔哥从冰箱里取出一筒蜂蜜走回我的身边，"会很甜蜜的。"翔哥在我耳边小声地说。翔哥说这话的时候不看我脸也没有任何表情。继零儿之外，翔哥是我喜欢的第一个男人。是的，翔哥是我和零儿离婚后的第一个男人。我无法不用零儿来比翔哥。床上有翔哥在我的身边我的眼前却摇晃出那个大男孩，我原来的丈夫。零儿是什么？是我的初恋初吻初夜，是我曾经的柔情和幻想。

初恋零儿笑眯眯地站在画廊前和一个女孩说话。女孩子大大的眼睛，黑色的皮肤飘出一股含蓄的诱惑力。我散散漫漫地将目光落在零儿身上。男孩子里竟会有这样粉白的肤色这样淡远的唇？而且这样的肤色和嘴唇在男孩的身上竟会构成那样一种脱俗的潇洒和飘逸？零儿的嘴闭上了，闭上的嘴唇荡出一股宁静的回波。突然，零儿的脸转到我这边儿来了。看到我零儿粉白的面颊上一下子挂上了两个金色的光晕。零儿美极了。零儿向我弹过一丝淡远的微笑。刹那间我被零儿的微笑的美震得心都摇荡起来。我想一定是我目不转睛地在光天化日之下盯视他的缘故。在男人的眼里，我有着一种媚入骨髓的犹豫的散漫，这一点儿我知道。我真想走上前去亲手抚摸一下零儿脸上那美丽的光晕，我始终没有动。零儿也没有动。大眼睛黑皮肤的女孩子踢踢踏踏地走了，零儿开始朝我这边走来。天啊，零儿好雄伟，零儿走过的地方，天空和大地突然都异样灿然地空旷起来。我被灿然的空旷占有且充满了。一种暗自被我苦恼过的期待因为零儿的出现而实实在在地降落在犹豫的我的身上了。

零儿问我："是不是想看电影？"

我说："想。"

零儿又说："大白天看电影不会满场？"

我回答说："应该。"

零儿要求我和他一起去看电影我答应了。看完电影零儿执意要送我到家我也答应了。到了王府井近处的灰色公寓前，零儿意外地告诉我原来我们住在同一所公寓。

第二个星期天零儿来找我，我们又坐在电影院里了。晚场的。散场后我发现我们看电影的期间里下过雨，大约是粉丝般洋洋洒洒地飘了一点儿。零儿带我到树丛里，薄薄的树叶上湿一层薄薄的水。零儿随随便便地牵过我的手。零儿对我说我的手好软，软得可以让他联想到弹一首好曲。零儿浪情起来。看着站在我的对面抚着我柔软的手的美丽的零儿，我觉得好像在欣赏一棵漂亮的小小白杨树。零儿开始摘眼镜，眼睛望着我笑嘻嘻地将眼镜揣到衣服的口袋里。我当然知道零儿接下去会做什么。零儿的美丽令我的身体僵住似地动不了。零儿把我紧紧地抱在怀里。没有胡须的柔弱温情的肌肤在我的面颊上摩擦着，一种痒痒的感觉向我袭来。丛林的路灯突然熄灭了，黑暗推出大块大块的浓雾。零儿很激动，甜丝丝的口水好多都湿在我的耳际我的睫毛我的面颊我的口里。

在我和美丽的零儿交往期间，有半年的时间就是这样，零儿只和他的朋友我的朋友炎我，和我单独在一起的时候就只是享受来自于肌肉的温馨。在我和零儿之间好像从来不曾有过过去也永远不会有将来一样。我们只是相亲相爱。

有一天零儿突然买了各式各样的香水和化妆水送给我。我们洗澡，洗完澡我将香水洒一点在耳际。或许是幽香令我神清气爽，天已经很晚了我心血来潮地和零儿来到了我们那条街上尽头的一个小湖边坐下。近午夜了，清幽的月映得湖水雾蒙蒙的。我们依靠的大树纹丝不动似在酣睡。零儿拾起一块小石头向湖中抛去，小石流星般跌入湖间。

零儿说他喜欢这里，这里是一个好地方。

零儿又说他如果有了自己的小孩子，他会每年领小孩子到这里拍纪念照。

我忽然觉得有这种想法的零儿好可爱。

零儿察知到这一点儿，零儿先是对视着我后来一下子扳过我的肩头。在这个午夜的时刻，零儿需要我，在静静的午夜的时刻，我和零儿被一种刚刚认识的新奇激动得哭泣起来。"你永远都不要离开我。"零儿对我说。

因为零儿爱我需要我，因为我们和其他男男女女在一起时一样做了习惯做的事，零儿更加孤零零地来爱我了。有一句话为情到深处孤独，零儿到这种时候已经是痛苦不堪了。于是零儿和我结了婚，我和零儿成了夫妻。

直到我和零儿离婚为止，直到有一天我发现我不过是零儿的一个物体，只要零儿想要我们就来。直到我发现我是零儿寻欢作乐的最好的场所而我已经变得无动于衷。我知道于我柔软手指的抒情曲已经结束。短短的几年时间，我和零儿没有留下属于我们共同的小孩子。没有纪念照可以拍，所以也不曾有褪色的担心。与零儿的婚姻不过就是一场初恋。是我通向下一个男人的练习和实验，零儿将我的身体缔造成女人。

尽管零儿满足不了我虚脱了多少年的饥饿，我居然却学会了成熟女人的演戏。我注意讨好我的男人的兴趣和爱好，注意他们各种各样的心理状态。我发现忧郁的散漫加上温柔的微笑会使我适合所有男人的趣味。我身边的男人多了起来，包围我的是令我疲倦的电话和约会。

　　我看着裸着身体的翔哥走近我，我看着翔哥手里的那瓶蜂蜜。我感觉到有一种橙色的男人的情绪正慢慢地将四〇六号房间充满。我接近意乱情迷，翔哥突然笑了起来。

　　翔哥说："也许在这种时刻听一点儿音乐会因为放松而自然下来。"

　　翔哥将床头的音响机打开。CD无疑是翔哥事先准备好了的。是一首英文歌。我无心听也听不懂那歌词。但是歌曲的旋律逼真地将某一种情绪，那种橙色的情绪传染给我，我已经是乱七八糟。

　　先是腹部然后是大腿的肌肤感到一种清清的凉意。突然间这凉意一下子就跃到腹部和大腿之间的那个部位。我还来不及做任何反应，翔哥的舌尖已经旋律般委婉在那里。分不清是蜜是唾液是体液，我只知道身体下的毛巾是潮湿的。应该有颜色和图案。是什么颜色什么图案呢？我本来因为是第一次和翔哥做这种事所以感到一丝羞耻。此刻我早已经将羞耻抛到九霄云外。真的，我用身体用神经用情绪头用呻吟用所有可以通过文字来形容的一切感知到那一个瞬间。女人有一半的意义就是为了感知这一瞬间和一刹那而活着的。真理隐藏在女人的身体里。

一瞬间好像活了半个世纪。我好想永远永远地留在这个世纪里。想象中我忽然控制不住地哭起来。有了这样的一个瞬间，仅仅作为女人的话，死也心甘了。谢谢翔哥。谢谢我的爱人。

在四〇六号房间里，我和翔哥继那个瞬间后有好长好长时间的拥抱。依偎在翔哥的怀里我慢慢地平静下来恍若隔世。我知道翔哥或许才是我的称之为命运的那个男人，那个原始的男人。我冲动着想象要用我今后人生中的全部来爱这个男人。

如果不是夜深，如果不是翔哥开始穿衣告诉我他要回家，我恍然明白翔哥是我来日本后纵身跃入的大海。大海是什么？大海是危险的摇篮。翔哥离开我却带走了我的魂。我本来应该感到悲伤，但是翔哥给了我令我爱他的理由，悲伤变得美丽抒情。我的爱是四〇六号房间里破碎的呻吟，它来自大海。

12

富贵阁金碧辉煌。

如果说制果工场是袖珍中国的话，富贵阁便是在亚洲人的缩影。欧美人几乎不在中华街打工。中华街几乎都是餐厅。日本人崇尚美国，最好的乐园是美国，最高级的人是美国人，英语是日本人成为高级人去乐园的机会。东京也好其他的城市也好，泛滥般存在的英语教室总是人满为患。价格被人数成正比地抬得很高。欧美人几乎都在市府区府里帮忙，或者在英语教室里做教师。在日本的欧美男人成为日本女孩追逐的对象。同英语一样，说英语的男人是日本女孩通向美国乐园的最直接最近的阶梯。

中华街是日本横滨著名的一条街，街中的饭店比比相连。每当休息日的前夜，街上就会出现成群结队的客人。他们是中华街开店老板的上帝。富贵阁是中华街著名的一家饭店，由下往上一共有五层。一层最忙最累，休息日不休息日的没有关系，一直有散客出出进进。二楼比一楼稍微轻松一点儿。一楼的散客满桌的话二楼就进客。三楼为厨房。四楼为榻榻米，单间里设置大圆桌，平时不接客，只休息日和休息日的前夜才接客。五楼同四楼一样也是单间，也是平日不接客，不同的只是不是榻榻米。介绍这一点并不是没有意义。好好想一想，在富贵阁打工的亚洲人来自于台湾、中国大陆、马来西亚和印度尼西亚。此外是几个日本女人。日本女人的年龄都很大，后来知道她们都是因为死别或者离婚而失去了男人，或者男人因为健康的原因而无法工作。我说过要好好想一想。最忙最累的一楼和二楼的工作人员全部都来自于中国大陆和马来西亚以及印度尼西亚。四楼是那几个上了年龄的日本女人。五楼是台湾人。从星期一到星期四，一楼的中国大陆人因为忙碌而走得脚痛的时候，日本人和台湾人却只在单间里一边听音乐一边将白色的餐巾慢慢地叠成美丽的仙鹤和月季花。

状态是人为的阶层。是差别。在国内身为大汉民族出身我一直引以为豪。到了富贵阁，当我清清楚楚地看到这种阶层状态时，继翔哥带我去情人旅馆之后我再一次感觉自己身为中国人有一种杂念。啊，中国是我的母亲。我开始希望中国有很大的飞翔，让我们在海外的子孙可以成为亚洲、成为世界的领袖。

想不到中国后来真的飞翔起来。远远超过我的想象。如今东京最为繁华的象征银座大街天天充满着中国语的喧嚣。所有大商店里都随处可以看到在大把大把花钱的中国人的影子。日本陷入经济不振而这些中国人却无意拯救了不振中的商店的经济。在银座在秋叶原里喜气洋洋买过商品的中国人或许不知道他们花钱过于大方而成为日本电视台的话题。他们的样子就出现在电视里。日本的许多高级不动产都被富裕的中国人买走，那些富裕的中国人不仅买走日本的房子，还买走日本的山以及山里的矿泉水，还有奥运会和万博，那个期间我每天坐在电视机前看与中国有关的新闻。我因为兴奋而给朋友们打电话。我的朋友春告诉我说北京有一家名人专去的海鲜酒家，如果我回去她会带我到那里去吃火锅。春说在那家海鲜酒家里，想吃的东西都是可以分地方点单的，好像什么什么的嘴唇之类的。我觉得春所说的今日中国好新奇而且夸张。我告诉朋友们我因为早已经加入日本国籍而后悔不已。

在一个阳光浮躁的早晨，我心血来潮地给和平打了一个电话。和平是我在国内做编辑时暗自欣赏的文学青年，寡言少语柔和淳朴。直到翔哥出现为止，有一个时期我非常地想结婚，而我的身边没有我喜欢的男人。我想起大头，而大头有一个养着几十只猫的太太。我想起和平，想起和平那个时候同太太分居却总是下不了离婚的决心。他的太太完美得几乎令他在离婚的问题上产生绝望。我曾经想象和平离了婚，这样我就将和平办到日本来试试我们能否结婚。互联网不先进的时候我没有联系到和平，联系到和平后知道他现在的太太其实就是当年分居过的太太。除却联系到和平的时候我已经身为人妻人母之外，他的太太没有换人令我十分十分地安慰。

和平好像有很多脚本迷。我身边的中国朋友不常常回中国但是也知道他的"父亲"和"残阳"。我没有办法将脚本红星和当年的文学青年联想在一起，我无法想象他能在不太长的时间旦编出那么多的剧本来哄大众的泪水和情感。他是天才的所以他说他自己也没有想到。和瘦马一样，和平也是我出国后在国内红得发紫的一个人物，使人联想到上帝和上帝的礼物。

写脚本成为他最为热爱的一件事情。和平的成就与我在这里的写作无关，有关的是他的写作状态与环境。他仍然住在东北的小镇不肯去北京。他制作了很多舞台和梦想却不肯放弃生他养他的那个舞台。和平的状态是一种哲学令我思考。我已经有好久好久没有思考过什么了，我已经忘记思考了。日本按部就班的生活令我机器人一般得心应手了。我本来以为我再也不会写小说了。

说到和平，1980年开始文学创作，一直从事小说写作，到上个世纪九十年代初，转向了电视文学剧本创作，直至如今，再没有干过别的。开始的时候，许多文学界的朋友说他不务正业，写电视剧挣钱去了，初时他自己也挺难为情的，觉得自己不太光彩。虽难为情却没有停下来，究其原因，大概是他比较适应电视剧这种艺术形式，他弄它挺得心应手的，一部一部写下来比较顺利，没有失败过。和平说这就像交朋友，人家对你不薄，你何必轻慢人家呢。于是和平就彻底投向了电视文学剧本创作的怀抱，与之亲密相拥。其实都是创作，纯文学创作是创作，电视文学剧本创作也是创作。用的都是中国方块字，写的都是人物命运，想表达的都是人情人性和对历史的探寻与对现实的思考，只是形式不一样而已。和平在给我的来信里说，写小说也好，写剧本也好，走的道路是现实主义创作的道路，想想，后来也就不难为情了。

　　和平小时家境贫寒，五岁时父亲去世，六岁给算命的盲人领过道。和平种过地，拉过手推车，当过民工，下过乡，当过建筑工地上的小工，在剧团学过武行，等等等等，凡此吃苦受累的事经历不少，而且那一切都发生在上个世纪六十年代到七十年代前后，总之他个人命运的不幸与坎坷同国家命运的不幸与坎坷发生在同一个历史时期，这于他后来的创作是有帮助的。因为上述的原因，他对苦难的体会与积累强于一般写作的人，他曾经写过一句话"当我拿起笔来写作的时候，我以往所有的苦难都对我露出了微笑"。其实他想说的是，生活的积累对一个写作的人来说，太重要了。他目前写了很多戏，几乎每年至少都要有一部长篇出来。有朋友问他，还有多少呀，快写完了吧，他说，好像刚开始，不是玩笑。

写底层写苦难是和平一直的所为。当然写底层写苦难并不仅仅就是为了展示底层的世俗与苦难的悲惨。一部好的有分量的作品，理应把个体的苦难与国家民族的苦难放到一起来写，而表现苦难并不是真正的目的，写作真正的目的是在讲述苦难中表现人的坚强，人的品质，人的智慧，人的忍耐，人的宽容，人的善良，总之一切人类高尚的精神。在感动人的同时，并于此来探讨和思考我们曾经走过的道路和未来要走的道路，探讨和思考每个历史时期人的价值观和生存状态形成的原因。这是一个编剧的责任和使命，少了这种责任和使命，作品就少了灵魂。

和平习惯从自己生活积累的仓库里找东西来写，这样就能做到真实。《父亲》就是记录了他童年的一段真实的故事。他自己有过继父，是一个很善良、很正直但脾气暴躁的男人。继父在和平家生活最艰难的时候抚养过他们姐弟几个。继父对和平的母亲很好，因为和平的父亲去世以后和平的家里就没有了成年男人，继父的到来分割了母亲对和平姐妹的感情，所以和平姐妹很难接受继父，而且继父对和平姐妹管得又十分严厉，和平姐妹怕他又恨他，以至于他离开了人世许多年，和平姐妹很少提起他。剧本写完的那天黄昏，和平想起了继父，在大连一个叫做花香维也纳的公寓里，他躲进卫生间足足哭了十多分钟。剧中结尾的时候，孩子们为继父立碑刻下的四个大字："恩重如山，这也是和平对他最好的祭奠了。"

是的，可能是很小的时候就和算命盲人在一起，听盲人给人算命，听盲人说书，《大八义小八义》、《七侠五义》等等等等，听多了和平也就会了。和平很小的时候就会用讲故事来骗小朋友的东西吃，而且经营是一边讲一边编，看着小朋友的反应。和平编出鬼呀神呀一套一套的，骗了不少好吃的。如果和平没有这样的一个童年我不知道他是否会成为脚本家。

我有时以为上帝的礼物或许就是生活的力量或者是环境的力量。

时隔多年我在这里写起工场和饭店，写起翔哥，或许就与和平所处的状态暗示于我的哲学有关系。同当年在国内时一样，我们通过电脑讨论人生、金钱和创作。我好想将和平至今为止的创作介绍到日本来。然而和平的脚本十分中国化。我不知道我的能力是否会力不从心。但是我相信逻辑，我知道中国现在有如此大的飞翔，而和平也会一直写下去。和平当然会接着写中国，中国现在渐渐成为世界舞台的中心，和平也会走向世界的舞台。我终于下决心要完成我自己的这一部长篇小说。

我在这篇小说里不是要向读者展示我和翔哥由相识到结束的故事，我是极力想写出我和翔哥以及我们身边的世相，写出这个世相中众生的生存的状态。所以我的文字不是故事，因此不会深刻，我想达到的目的是故事的背景可以稍微宽阔一点儿，丰满一点儿。我的长篇是无数个点所构成的平面，它们与时代有关，时代不代表陈旧。谢谢和平。

13

好像部长因为想将我摄和成自己的儿媳妇所以将我安排在四楼一样，例外的是一楼的领班则是来自于台湾的中年女人。"撼不动的大树"是她的绰号。富贵阁草创时的元老。一楼虽然是大陆人和马来西亚、印度尼西亚的人在打工，实际上却是台湾人的天下。她每天命令那些大陆的中国女孩做这个做那个却不理睬她们。她将来自台湾的店老板称为爸爸和妈妈。她相信地球是圆的所以做梦也没有想到日后她就败在来自于大陆的一位上海女孩的手里。她败得很惨。她被她称为爸爸和妈妈的老板解雇而永远从富贵阁消失了身影。其实，还有一个她做梦也没有想到的事实，那位来自于上海的女孩其实是不法在留的黑户口。她只要给日本警察打一个电话一切烦恼和不幸就会烟消云散的。

上海女孩的名字叫立新。来日本前好像是上海某一家有名舞厅的红小姐。立新不仅是丰乳肥臀，嘴唇也很性感，同样是女孩子端着盘子给客人上菜，立新的身上时刻会散发出一种五彩的张扬的优越感。是的，因为立新的嘴唇立新的乳房立新的屁股立新身上的气味会给人一种放纵的想象，所以不仅是到店里来的老外因为想对她说hello而光顾富贵阁，同时也赋予她一股摧古拉休的力量而击败了那棵撼不动的老树。

"那一对福建来的姐妹也是黑户口。"有一天立新指着一对年轻的女孩对我说。"怎么会？她们告诉我她们是留学生的。"

"留学生？留学生不用去学校上课而会每天在这里打工？"

立新说："我真的讨厌这对福建姐妹。"

立新说："如果不是因为我自己也是黑户口我早就给日本警察打电话了。"好像除了我以外立新看什么人都不顺眼。

我每天也看着那一对福建姐妹。她们两个人都是白白净净的。我想也许可以将她们的样子比喻成两只温柔的猫。她们瘦弱因而她们给客人上菜时步履轻盈。与立新不同，立新整体都充满了野性的放纵的故事而她们却苍白贫弱。

乌龙茶是立新的男朋友的绰号。他很会讨好人所以他在一楼打工的人中最为成功，他的工资每小时高出同胞有五十日元。按一个月来换算的话就是几万日元。立新在店里烧旺的火炉般诅咒撼不动的老树和福建姐妹的时候，他却似加了冰的乌龙茶般微笑着，他永远心平气和。

　　乌龙茶和立新一样来自于上海。二十年前，不仅是日本，美国、加拿大、澳大利亚等等也是如此，大多数的中国人来自于华侨比较多的位于海的沿岸的福建和曾经为殖民地的上海。与封锁的内地人的观念不同，他们不是专注在一个房间里炼金，他们不害怕冒险，他们超越自己的想象宛如历史上那些吉普赛人一般在不相识的陌生的大街上舞蹈。他们有他们自己才听得懂的语言，他们年轻，他们狡猾。为了赚钱他们甚至下流。有一个非正式的统计：在日本犯罪的中国人中，盗窃罪最多的为福建男人而做"鸡"的多半是上海女人。日本人认为日本是太阳升起的地方。一部分的福建人和上海人或许是中国第一批看到日出地和日出地的北面以及南面的容颜的人。地球是圆的，一汪海水将世界连接成一体。世界的这一头和世界的另一头，没有极限。地球上的一汪海水是从百年孤独中解放出来的他们所舞蹈着的脚下的地毯。好像许多年以后的今天，天涯海角都有中国人。全世界都知道中国这个名字。

14

那是一间吵得令人神经衰弱的赌厅。银色的弹子在转动的机器里哗哗作响。浓烈的香烟弥漫着，让我上气不接下气。我下班回家，刚走出车站就看见翔哥等在检票口。翔哥带我到这间赌厅。"等一下我们去吃大餐。"翔哥说。

没有想到翔哥也会来赌厅，我有点儿吃惊。翔哥说去吃大餐，我想翔哥大概是赢了好多钱。"还要赌？"我问翔哥。

"不是我是你。"翔哥微笑着用手指着我。

我对翔哥说："我长到这么大，从来都没有赌过博。我从来也没有走进过赌厅。"翔哥说："正因为如此才要你试。赌博这个东西越是生手越是容易赢。"翔哥拿出一张大钞塞进机器。我按照翔哥说的转动着机器。不久机器就不动了。一张大钞全输掉了。机器的玩法我根本就不记得了，输掉翔哥对我的期待，我想我应该像一只不声不响的苦恼着的猫一样看着翔哥。翔哥拍了拍我的头。

翔哥说："你这个人应该是一生都不会有横财或者是偏财。

你没有这种运气。"聚集在机器前，一连几个小时重复着同一件事不知疲倦，与其说是没头与没完没了的游戏不如说是对不可捉摸的命运的迷恋。恶性循环里有百分之一万分之一甚至是亿分之一的奇迹。我不了解赌博，但是这一次赌博令我隐隐感到一丝危险。

这是另外的一种感觉好像我和翔哥的关系。我发现我并不讨厌它。

输掉钱并不令我沮丧。翔哥的结论令我无限怅惘。还有，我想起那一次翔哥带我去情人旅馆的事。翔哥说打Kiss，我以为就是打这种游戏。有一点儿难为情还有一点儿暗暗涌动的冲动。我想尽快回到四〇六号属于我的那个小房间。翔哥攥着我的手我一句话也说不出来。

翔哥带我走进一家古色古香的两层小楼。这里是一家和式餐厅。正门口是一幅景色——人工竹假山。假山下小桥流水。想不到空前绝后的中国古典诗词会在日本的餐厅里以视觉再现他们的长生不死。儿时默诵过的诗词全部一股脑儿地倾泄下来，成为眼前活着的姿态，凝注着隽永与华丽。长恨春归无觅处，不知转入此中来。

我戚然而说不出话来。

翔哥问我："你怎么了？"

"没什么。"我说。

我接着说："这家餐厅里的这幅佳景是古典的乡愁。"

说这话的时候，我真的有一点儿哀伤起来。

翔哥说："你的这个乡愁的比喻是作家才会有的一种情绪。是多愁善感。"翔哥说得不对。不仅仅是情绪，因为我本来在日本就感到孤僻，而现在我更加想念北京，在北京有大头和他家里的几十只猫。我突然后悔来日本前为什么不拥抱一下那几十只猫。那些猫在我的心里忽然变得十分可爱。

翔哥带我来的这家店是和式的螃蟹专店。

身穿和服的日本女人将我和翔哥引到二楼的一间大屋里。已经有两对男女在等着上蟹。

要么像居酒屋乱糟糟的一大堆人谁也不会注意谁，要么是单间用不着注意谁。一间大屋里，三对男女，不多不少正是最感别扭的那个数。

我觉得有一种拘束而不自然。我有一点点儿魂不守舍。

我对翔哥说："我们可以买酒买菜在家里吃，在家里喝的。这种地方连大声说话都觉得不对劲。"

翔哥说："我之所以喜欢日本是因为日本人没有你这种人为

的拘束感。好比此刻此地。日本人不会在乎你是什么关系，不会在乎你叫什么菜，更加不会在乎你是否会大声说话。"

翔哥说："只要不触犯到法律你就可以为所欲为，日本是世界上最自由的天堂。"

大屋里回荡的是莫扎特。日本人格外偏爱莫扎特，他们认为如果让小孩子从小就听莫扎特的话，小孩子很容易成长为天才。电视里的广告、餐厅、幼儿园以及商店里放送的音乐，到处都泛滥着莫扎特。我没有小孩子所以我对莫扎特没有期待。我开始学习音乐是多年后为了陪儿子学钢琴。我弹的第一首钢琴曲是贝多芬的"致爱丽丝"。音乐对于此时此刻的我来说只不过是一种被抚摸的感觉。

心痛了，哀伤了，兴奋了，快乐了。音乐似物质以各种各样的形状来击打我。音乐有多少个形状我就会产生多少种心情。我不懂得说明音乐但是我喜欢音乐。我不懂得音乐所以我常常会迷失在音乐里。

跪不惯日本的榻榻米我很快就觉得腿麻脚也麻了。

我对翔哥说："这样跪着不动对于我来说简直就是在受刑。"

翔哥说："你可以将腿伸直伸到对面的我这边来。"

旋回着莫扎特的乐曲的大屋里有三对男女。我们互相看得见对方。

"我真的不好意思。"我说。

"说过日本人不会在乎你的，你看其他的两对，还不是一样将腿伸得直直的。"

我看了看另外两对伴侣，果然如翔哥所说。

本来我真的是实在受不了，我按翔哥说的将两条腿从屁股下抽出来伸到对面去。

用热水温过的日本酒飘着思绪万千的馨香由刚才给我和翔哥引路的日本女人端上来。

翔哥制止了日本女人为我们斟酒，同时为我的酒杯斟满酒。翔哥为他自己的酒杯斟满酒。

"干杯。"

为了喝酒干杯我还是第一次干得如此慢条斯理。

因为没有想到会来和式餐厅所以我没有穿袜子。翔哥突然扯过我的脚将我的脚抵在他自己的大腿处。我又惊又羞，我抬头看翔哥。

"你端了几个小时的盘子，我想你的脚应该会很痛。"翔哥把玩般开始按摩我的脚。

长这么大，翔哥是第一个为我的脚按摩的男人。翔哥温柔的手指似餐厅里回荡的音乐对我的抚摸。今天的莫扎特是安慰，安慰我欢愉跌宕的心跳。今天的莫扎特是一点儿一点儿开始的不断的崩溃。

今天的莫扎特是属于我一个人的，我十分感动。我好像患了遗忘症而失去了记忆。喝到口里的酒为何是如此的甜蜜。人生从出生的时候开始，而作为一个女人的人生的开始却始于与翔哥的相识相爱。翔哥给我酒杯里的酒一般的甜蜜。翔哥总是给我这样的那样的无比至上的一刹那。

身体是一件神圣的衣裳，身体是一个人最初与最后的衣裳，身体是一个人进入生命与告别生命的大地。这话是什么人说的也许不重要所以我忘记了。

我的眼前不知道为什么开始映出第一次和翔哥做那件事时翔哥向我走来的样子。翔哥手里拿着那瓶蜂蜜，甜蜜的蜂蜜。翔哥向我俯下身来……

一个人应该以爱敬的心情对待身体，一个人应该以喜悦和畏惧的心情对待身体，一个人应该以感恩对待身体。我又想起那个人的话。早知道会一次又一次地想起他说的话，真应该记住他的名字。

　　我出生在大连，因为家境贫穷常常去海边拾海草捉贝和螃蟹。几十年前的大海没有如今被污染的环境问题。沙滩上褐色的小蟹横行霸道。我和母亲用小塑料袋装小蟹，小蟹被我们拿回家里。捉小蟹捉累了的时候，我和母亲会拿出随身携带的小铁锤，我和母亲用小铁锤在礁石上敲海蛎子。每次去大海的时候，我和母亲只带干粮，干粮是玉米面饼子。我和母亲用海蛎子就饼子吃。吃腻的玉米面饼子因为有了海蛎子而变得特别好吃。蒸过的小蟹由褐色变成红色或者是金色。金色的小蟹拖着童年时我对大海的嗅觉。少女与海，我家乡的秋子。我的名字叫秋子。只要是有大海的地方，哪怕我离开中国千里万里我一样感到自己拥有一个永远的故乡。故乡是离开家走向世界才会出现的名词。

　　在日本有很多吃蟹的方法，我知道的第一种吃法是生吃，用中文叫生鱼片；第二种吃法是油炸，中文叫天妇罗；第三种吃法是水煮，中文叫火锅。

　　童年的嗅觉是一个怀念的陷阱，我不由得想起了在大连的我的母亲和大连的海，我想如果我的母亲也可以知道螃蟹有这么多的吃法，这么多的颜色，这么多的味道的话，也许我不会在此刻如此强烈地思念起她和她经常带我去的大海。母亲是声沙沙的女人，笑容比蜜水甜比阳光灿烂。母亲在三年前因为感冒时并发肺炎而突然离开了人世。我有过很多的遗憾，没有让母亲品尝到有这么多吃法的螃蟹是我无数个遗憾中的一个遗憾。母亲的死令我悲痛欲绝。母亲去世时我没有能够在她的身边陪伴她是无数遗憾中最大的一个遗憾。对于今天的我来说，最大的安慰是我可以站在母亲的墓地前对母亲说一声对不起。说到母亲，我想起母亲最后来日本的那一年那一个日子。

那一年是我的本命年。

母亲拜托姐打电话要我回家过春节。到日本许多年，母亲第一次如此刻意，似乎不给我犹豫的余地。我也拜托姐，要姐告知母亲我一个日本公司里的小职员，中国旧历年时正值工作最繁忙的时候，断断请不下假期的。

母亲执意要姐打电话给我，一而再，再而三，我不答应母亲就绝不肯罢休似的。母亲要我回大连，务必回大连。

只好将元旦当做春节过。公司有十天的休假，途经北京，不敢久留，只匆匆打扫了一下房子的卫生就急急奔往故乡大连。想不到母亲的一张脸变化如可爱的童颜。近八十岁的人了，本已白尽的头发突然间又黑掉一半。我相信母亲真的是返老还童不仅仅因为母亲的头发变黑，母亲的言谈举止一样令我处处感到稚气，我啼笑皆非。

母亲似乎忘掉了所有她经历过的一切，她只是以健康为乐，以儿女常聚身边为乐，以不愁吃穿为乐。见到母亲是如此这般的情景，不禁觉得母亲的晚年很是幸福。

家里姊妹兄弟多，每每过节的时候，哥、姐总是有意将日子错开，一家一家地来看母亲。那一年由于我回去的缘故，母亲的身边一下子浩浩荡荡地围了几十个人，热闹无与伦比。

晚间的餐桌上，母亲说特地为我备了一份礼。自从步入社会，母亲送礼物给我，那还是第一次。母亲从衣柜里取出一个包裹给我，以为有奇特的欢喜，看到的竟是一条红绳子。

我逗母亲，问母亲是否学了杨白劳，不能亲手摘花只好扯一根红头绳给女儿扎起来。母亲极认真地纠正我："不是红头绳，是红腰带。"

不敢想象我回到东京每天系着母亲送给我的这条红腰带的情形，我啼笑皆非。

母亲看出我的心情，对我解释说："今年是你的本命年，本命年多灾多难，你一大把年龄了，又是一个独身女人在海外，如果系上这条红腰带，虽然不敢保证万事皆可逢凶化吉，但总可以想象你因此可以躲过一些灾难，心中多了许多安慰。"母亲接着说："还有，你系上这条红绳腰带，你可以想象有我天天陪在你的身边，你可以看它是一个思念之物。"

我感动无语，知道内心已经妥协了不少。人类通常总是对遭遇比对安定更了解才可以更好地生存下去，像我周围有很多人，通过看不见摸不着的宗教精神来理解自己或他人的遭遇……这种感情是很传统的，母亲也没有例外。

感动归感动，我还是不相信自己会系这条红绳子。那个时候我在一家出版社就职，不仅工作稳定，我的身边还有翔哥。我对母亲说："我如今生活在日本，一方水土一方神圣，日本没有本命年多灾的传统说法。"母亲对我说："生活在日本又怎样，还不是照常说中国话、看中国文字。"我说："我已经属于看或者写繁体字的那一类人了，这类人不太会八卦自己的未来或人生，只相信奋斗或者成就，相信自己是那一个端坐在内心的神。"

母亲的回答有很强烈的情绪，使我联想到燃烧着的线香。

母亲说："说到繁体字，我比你更早见识过繁体字，我是从繁体字中走过来的。繁体字并不能代表什么真实的东西。"

母亲的话并非令我十分服气，尤其我远远比母亲年轻得多，根本不认为明天突如其来的某一些事情一定就是什么人生的遭遇，但我不再与母亲争执。母亲所做的一切包含着一份深深的爱意和祈福，母亲通过一条红绳腰带，幻想使那些普遍的、未来现实生活中将会发生的事情，都如她内心所愿望的一样，母亲是将一种美好的期待持续吸收到她的情感世界里。红绳腰带是母亲模拟出来的吉祥物，母亲以为红绳腰带有令我幸福、幸运的能力。

本以为我永远不会系的红绳腰带，被我带回日本后，将母亲的心意一笔一画地深刻到我的心里，孤独时系到腰间，一丝明快的安慰便悠悠地从遥远的空间逼来。真是不可思议，原来人世间有许多事情真的不可以用常识来衡量，整整一个正月，夜里我系了母亲送的红绳腰带睡觉，心特别踏实，觉特别熟，第二天去公司的路上，心情也特别的快乐。

那一个本命年我有母亲在新年里送我的红绳腰带，那一个本命年令我感动并安慰。

在这里继续写母亲我觉得我会因为心痛而无法完成这一部长篇小说。

母亲，先在这里说再见。

再见。我的母亲。

还是由螃蟹回到大海。我和翔哥追加了多少次酒我不清楚。太多的影像太多的思绪太多的信息随着酒香而飘动。莫扎特在崩溃，我在崩溃，我迷失在大海的深处。海水一点儿一点儿地升起来，海水如太阳般高高地升起来。海水与太阳融成一体。海水泛滥着的波浪的声音掩盖了我的心跳的声音，掩盖了我的血液流动的声音。

我从翔哥的怀里抽出我赤裸着的脚。我站起身来。

我对翔哥说："我被你的按摩被螃蟹搞得乱七八糟。"

我说："我要去洗手间。"

翔哥说："等一下，与其你去洗手间，不如直接回我们的房间。"

我们匆匆结账。

再见，小桥流水人家，

再见，莫扎特。

离开餐厅时我快哭出来。我将对母亲和大海的思念，将感动以及快乐和失落都留在餐厅。无论时光流逝有多久，我想我永远都不会忘记这一家餐厅。

　　我赤裸着躺在新铺就的大毛巾上。翔哥说与上一次不同，这一次不用蜂蜜。翔哥说这一次他为蝶，蝶采蜜。翔哥分开我的双腿，我闭上眼睛，有一种极其温柔亲昵的吻突然间就落在那个地方，地动山摇。有一股源泉突然从那个地方喷发着流出来。

　　似岩浆的猛烈燃烧。

　　翔哥用他的嘴婴儿般吸吮着由我的体内流出来的液体。翔哥不断地吞吃着我的体液。一种不可抑制的刺激使我感到虚无缥缈。四周的一切渐渐模糊，我处在另一个世界。我的爱人是我腿下的一只小动物，好比我喜欢的小狗。翔哥吸吮吞吃的声音越大我越兴奋。我要流尽我体内的源泉我愿意流尽我体内的源泉而死去。

　　颠覆中我记得我发出的那一声尖叫。

　　我睁开双眼的时候翔哥告诉我他还是第一次令女人在爱抚中丢失。高潮是一种境界，超越高潮是无止境，翔哥说无法用语言来形容。

翔哥说最好的比喻就是丢失。

丢失的那一个瞬间我真的死掉过。享受过高潮，享受过丢失，最令我倍感刺激的却是翔哥吞吃我的体液时的感觉。快乐的极限是穿过这个过程而来的。过程是翔哥的技巧，快乐是我的身体达到的目标。我第一次怀疑我或者就是变态的那一种人。我同时怀疑我在骨子里或者就是鄙视男人的女人。我爱翔哥，但是我喜欢翔哥像一只小动物一样地吻我舔我吃我体内排出的液体。我喜欢翔哥满头满身甚至连嘴里都是我体内的液体的那一种味道。我有这样的想法令我觉得对不起翔哥。我觉得翔哥有一点儿可怜，又爱又怜。我对怜爱一词有一种新的认识。怜爱与男人相拥。再高大再优秀的男人在爱他的女人那里都是怜爱的对象。

我是变态的吗？或者至少可以说我是喜欢变态的。我开始喜欢将翔哥小动物般地玩弄。翔哥不知道他正在塑造另一个我。

流干了体内的液体，我身体轻得像天上的云。我感到我的身体内部有从来没有过的洁净，破戒后的那种坦诚与自然。我知道在做爱这一点上，翔哥是在尽力让我感到性的欢愉，但是我和翔哥只是一对情人，我们不会相伴到黎明。我们之间没有说早安和晚安的机会。说到底，我如成语所说不过被翔哥藏在金屋罢了。我和翔哥的关系在实质上同嫖与被嫖没有太大的区别。

十几年前在大陆文人间产生过热潮的米兰·昆德拉，他的那本叫"生命中不能承受之轻"的书里有这样一段话：

两个世界的拼合，双重曝光。真难相信，穿过浪子托马斯的形体，居然有浪漫情人的面孔。

我没有法律上的男人没有小孩子，我只要爱而可以什么都不在乎。

身边正搂着我的翔哥有托马斯般的容颜。

为了不要翔哥感到我问这个问题的无聊，我有意若无其事地问翔哥。

我说："翔哥，你想过你太太的感受吗？"

"喝了茶再聊这个话题或者我们不谈这个话题好不好？"

翔哥起身冲茶，他挑了一只大杯装满茶水。

翔哥说："让我们用同一只杯子喝茶好了。"

我不动，被子盖到我的肩头，我依然裸着身子。

我对翔哥说："我除了写小说之外，我不会在这个时间喝茶，我会睡不着觉。"

翔哥一个人喝过茶又躺回我的身边。翔哥紧紧地攘着我的手，看着天井。

"说出来好像男人常用的小把戏，我正在办协议离婚。"

"是因为我吗？"

"与你没有关系。"

我不再问。我心里很乱，很多东西不知道应该如何整理。如果翔哥当真在办离婚的话，翔哥应该不在乎留在我这里伴我到黎明。要么真的是翔哥的小把戏，要么是翔哥刚刚与他的太太吵过架。

我的沉默无语大概令翔哥误会我是接受了他所说的话。翔哥侧身抱着我。

翔哥说："你知道每一个男人自童年时就有他理想中的女人。男人头脑中的理想的女人通常接近他的母亲。我喜欢你的什么地方你知道吗？"

"不知道。"

"你安静苦恼，你紧张克制，你温柔野性，你单纯复杂。你的性格不是形象是一种复杂的味道，多重的。我喜欢你的这种说不清的味道。"

我不知道翔哥在说什么。但是我感知到翔哥真的是在欣赏我在爱我，好像初情悲恋，而我已经二十八岁，我风华正茂。

"算命的说我命中还有一个儿子。我想我和你之间也许会有可能生一个小孩子。"

翔哥说这话的时候我听到窗外有沙沙的雨声。没有例外。在上帝预定的时间和地点，答案如期而至。

"下雨了。"我说。

翔哥钻出被窝开始穿衣服，我送翔哥到大门口。翔哥穿好鞋，突然转过身面对面地看着我。

翔哥用他的手指在我正感到心痛的地方用劲儿戳了一下。

翔哥对我说："你记住，我一定会送给你一枚戒指，戒指上刻着'永远的爱人'五个字。"

翔哥戳我的时候，翔哥无名指上的结婚戒指所镶着的绿色翠玉冰凉地触到我裸着的胸部。一股寒冷的气流浸透我的全部神经。

我打了一个强烈的哆嗦。

翔哥离去很久我依然站在大门口不动。翔哥戳过的地方痛得像一个伤口，我捂着那个伤口，想起在大学时代读过的霍桑的小说"红字"。放荡女人的象征的那一个红字突然间烙在我的心脏上。对于小说里的那个放荡的女人来说，红字是她纯洁无比的爱情，是男人和女人，是罪与罚，是爱与恶，是通向未来爱情的无止境的黑暗。

我站了很久很久直到我感到鸡皮疙瘩从我的皮肤上消退。

16

从四月末到五月初，日本的日历牌是一连串的红字。红字的日子是日本的祝日，好比宪法纪念日、儿童节、昭和纪念日、绿色的日子等等。除却星期六星期天，祝日也是公休日。日本人将这个长长的连休的期间称谓黄金周。

日本语有一个单词"甘"，翻译成中文的话指小孩子向他的母亲撒娇。日本女人自己也承认日本男人到老到死都"甘"。日本的表面上一直是男人社会。而日本的男人社会其实是一个依附性很强的社会。打一个比喻，日本男人工作的单位是日本男人在国家与他自己的小家庭之间所寻找的另一个家。日本男人一旦被这个单位雇用便终身受聘。因此日本男人与单位的合作是同心同德。由这种同心同德所产生出的那种精神便是我们通常所说的武士道。

日本的这种男人依附性的制度化可以追溯到天皇制。

太阳女神天照大神生在高天原，她的弟弟的名字叫素盏鸣尊。素盏鸣尊反叛姐姐而离家建了出云国。为此姐姐不承认弟弟。姐姐本来有太子，太子已经为成年人。但是太子因为是男方那边的人所以不被重用。姐姐同时还有一个天孙，姐姐与这位天孙同床共寝来代表女家统治。虽然日本的历史上不乏男性天皇，但是她所代表的女神地位却万世不变。

读过日本古典文学名著《源氏物语》的人，应该知道那个专门喜欢寻花问柳的男主人公源氏公子被喻为天上的月亮。与源氏公子有过关系的女人，哪怕只是一夜之情也一定会拥有她自己的家。

日本的男人支撑着日本的社会和企业，支撑着日本社会和企业的男人却依附在单位和母性这双重的羽翼之下。

在单位为单位献身的日本男人，休息日便是为他的家族女神而献身。连休的日子，当中国男人委在沙发上悠哉吸着香烟，看着电视的时候，日本男人却是开车带上他的太太和孩子们出去吃出去玩。

黄金周的中华街是由无数个日本的家族所聚集成的海洋，大街上举步维艰。

因为翔哥给我租了四〇六号房，我将正打着的饭店的工作减少到休息日。平时我去大学院，不去大学院的日子我就和翔哥在一起。平常的日子我是翔哥的爱人是大学院生，黄金周我是富贵阁的工人。

我记下所有的菜单。青椒肉丝、辣炒鸡丁、海米芹菜、古老肉，还有鱼翅汤、蛋花汤、青菜汤以及炒面炒米粉。富贵阁的门前永远有几十个人在排队。直到富贵阁关店为止是无数的盘子无助地奔跑。我在这里说奔跑一点儿也不夸张。我对自己说还年轻还跑得动只要再加加油。

回家时我的脚肿得几乎穿不下自己的鞋子。大学院可以让我学到好多新知识，翔哥可以让我体验太多新奇的爱。但是我看着肿着的脚便觉得混在日本有另外一种太大的代价。我觉得一个黄金周将我一辈子的工作都做完了。

日本上了年龄的女人几乎可以用同一个相同的名字来称呼。

"阿信"。

二十年前我在国内的时候被日本的这个电视连续剧感动得热血沸腾。人生爱拼就会赢。阿信的一辈子是一个女人承受着时代的重压、年岁的重压默默地拼搏将她的家族团团锁住。阿信不是未来的梦，阿信是一代日本女人的标本。标本是什么？几年前去天堂的老作家汪曾祺曾经为我的一本散文集做序。汪老在序中说读我的作品有一种不可捉摸的东西，但是不要对这种东西做过于质实的注释。不要把栩栩如生的蝴蝶压制成标本。汪老说他小时候就做过这样的事，捉了一些蝴蝶夹在书里，结果蝴蝶死了。

五楼的日本女人，她们的名字分别是远腾、池田、增山和藏下。

远腾

远腾有七十岁，大约是五楼最年长的一位。远腾在大学毕业后结婚，曾经伴丈夫去美国定居过。远腾的丈夫在他们定居美国的时候成为异乡之魂。远腾的丈夫是病死的。远腾的丈夫病死的时候远腾还很年轻。或许因为远腾太爱自己的丈夫所以她没有办法接受死这个事实。丈夫死后远腾变得神经兮兮。远腾的弟弟将看上去神经兮兮的姐姐从美国接回日本。死去的丈夫留给远腾多额的保险金还有一幢二层楼的房子。除了她死去的丈夫留下的财产，远腾每个月还从政府那里领遗族年金。好多人不知道不缺钱的远腾为什么要在富贵阁打工。远腾和她的丈夫也没有留下子女，好多人更加不理解远腾为什么要挣钱。还有，我在富贵阁打工的时候午饭就在店里吃。厨房里都是台湾和香港来的师傅。这些师傅经常会路过四楼，每一次路过四楼的时候都会被增山拧一下他们裤裆里的"鸡"头。四楼与厨房之间这种其乐融融的关系使我们得天独厚。职员餐吃腻了，只要背着老板跟厨房的师傅打一声招呼，想吃什么师傅就给我们做什么。我们变着花样儿地吃。远腾好像来自另一个世界。远腾在店里永远只吃一种东西，远腾只吃白米饭。远腾在白米饭上洒一点点儿盐。有一次我在吃饭的时候对增山说："远腾好像一个谜，令我觉得不可捉摸。"增山说："我也捉摸不透。"

增山说起她去远腾家的事。多少年前增山去远腾家，增山敲远腾家的门，远腾迟迟不开门。增山从门锁的方眼看到远腾一个人坐在一架很大很大的古钢琴前弹曲子。增山说："我奇怪我没有听到乐曲声。"

还有，我曾经跟远腾开玩笑。

我对远腾说："远腾，我干脆给你做养女罢，为了你有这么多的遗产留给我，我愿意为你养老送终。"远腾眯着眼吭出一声笑。

"我家里有幽灵会吓着你。"远腾说。

说这话的远腾更像她自己所说的幽灵。远腾在她的丈夫死后一直没有再婚，她留在她丈夫留给她的那幢小楼里。或许她自己也很矛盾，她受不了对死去的丈夫的思念想逃离，她又想永远留在寂静和孤独中渴望。宫贵阁是她的逃离，远腾是一缕垂死的芳魂，是一丝颤动的渴望。

池田

中国的夫妇关系最坏也可以笑微微地说一声再见而离婚。日本有一种极可怕的夫妻关系。同床共寝的对方突然间就从眼前从家从单位从城市蒸发掉了。日本没有固定的户籍制度，因为蒸发掉了的人可以自由选择居住地，所以没有人知道他或者她去了哪里。是夫妻而不在一起生活，想离婚而找不到对方。夫妻间所有的乱七八糟无法整理，留下来的人的状态不死不活。

池田本来出生在京都。池田在京都读完小学、中学和高中。因为池田花容月貌，虽然池田不喜欢学习不求上进，但是就因为她漂亮，她在一个男人那里找到了日本社会中最安全的保障。池田嫁给了一位永远都不会有失业危机的公务员。

好像婚姻在某一种意义上是一种协议一样，池田每天早晨起来烤好面包，煎好荷包蛋和火腿，当她的丈夫分秒不差地坐到餐桌前，她再为丈夫冲好热滚滚的茶。池田看着沉默不语的丈夫吃完饭喝完茶，看着丈夫系好领带穿上西装。池田送丈夫到大门口。

我走了。

早一点儿回来。

继丈夫后是已经上了高中的儿子。同样的过程又重复了一遍。

天天如此。

丈夫走了儿子走了，池田依然精力充沛。但是池田无事可做。有一天，池田坐在阳光普照的沙发上看窗外庭园里停在树上的一只小鸟。小鸟歌唱，小鸟飞走了。池田为小鸟想象了几个只有小鸟自己才会知道的故事。池田开始羡慕起那只小鸟，她想像小鸟那样自由自在地去舀，自由自在地飞去自己想去的地方。

池田说她仍然清清楚楚地记着那个夜晚。

风突然刮起来。雨混乱地倾泻下来，丈夫在酣睡。池田默默地取出白天里预备好的反箱。皮箱里装有一定的存款和衣物。池田说她最后回眸庭园里小鸟停留过的那棵树的时候，发现树底下站着她的高中生的儿子。

池田说虽然她不敢多看她的儿子匆匆逃去，但是那个时候默默凝视着她离去的儿子的双眼，常常出现在日后她的日子里，至今也历历在目。

增山形容池田是"那一个类型的女人"。

池田离开家来到了中华街。或许以她的想象，中华街充满的中国人可以令她将大脑中儿子的双眼连根拔掉。

一次去卡拉ＯＫ的时候，池田结识了一位小她十几岁的男人。与尚且没有结束的婚姻不同，这一次池田要痛快地玩儿。她除了去卡拉ＯＫ，她还去拔金库赌钱、去斯那库喝酒。她和男人共同出钱租了一间小屋，为了她和男人谁也不会将自己的乱七八糟交给对方，除了电气，屋里的煤气和水电被他们刻意地停掉。他们各自在公共浴池洗澡，他们在商店里买喝的水，他们在外边的餐厅吃饭。他们只在那间小屋里一起喝光冰箱里的啤酒，然后一起睡觉。

涂着红嘴唇红指甲，头发被整理过整齐地挽在脑后，穿着和服来来回回地走动在长廊里的池田，好像浮市绘里走出来的美女。

我们见过池田太多的泪水以致不再同情她。每一次闲聊池田都会从钱夹里取出那张新闻剪纸。剪纸上报道着发生在京都的一起交通事故。池田的儿子所骑的摩托与十字路口右折的自动车相撞，当场死亡。池田一边用手指抚去面颊上的泪水一边说她是偶尔看报纸发现的。

池田流泪的时候还是一位母亲。

池田热衷于减肥。池田花高价通过通信贩卖买到一种汉方。她每天喝汉方。因为汉方的功效，池田常常控制不住地跑去厕所拉肚子，常常控制不住地在我们面前放屁。

池田追求的一切都与她的年龄不相适应。池田活着是为了她自己的自由和自己的嗜好。

"这个女人越活越没有脑子。"增山指着池田美丽的背影对我说。

藏下

一口流利的中国话，如果她自己不说她是日本人我还以为她也是中国人。

藏下曾经在日本的一家公司里做会计，常年握笔的缘故她的右手患了严重的麻痹而成为轻级残废。

藏下曾经喜欢过几个男人，但是藏下不仅不漂亮还矮且黑。她一直也没有能够真正结婚。

残疾后藏下到富贵阁打工。因为她的手，藏下只躲在餐厅的后边洗酒杯。

藏下的丈夫是上海人，他长得眉清目秀，给人一种温柔缠绵的风情。为了藏下真的是对他一见钟情，也为了藏下是日本人，与藏下结婚可以永住日本，他在藏下求婚后闪电般与藏下结了婚。与日本女人的婚姻给他带来了意想不到的好运，他很快被提升为楼层支配人。他不仅不用端盘子，他还利用职权将他的中国亲戚一个接一个地介绍到店里打工。他是好心好意的。可是好心没有好报。他的一个亲戚偷窃店里冰箱中的冷冻水饺和小笼包，他的亲戚被老板解雇，而他自己也引责辞职。

辞职后他的生活不得不靠藏下来支撑。藏下自从见到他的那个瞬间就决定将她的心她的魂她所拥有的一切都交给他。为了他藏下什么都肯做。

他当然感受到这一点。有一种爱星火燎原般地烧尽了他心头隐藏的许许多多的杂念。那些杂念如今是聚集在心头的垃圾。他开始心甘情愿地待在家里做主夫。他买菜，打扫卫生，洗衣，做饭。

他偶尔也到店里来，他对着藏下"妈妈"长"妈妈"短地叫。日本夫妻间随孩子称呼对方，所以藏下也"爸爸"长"爸爸"短地回答他，恩爱无比。他与藏下说话不如说是商量或者请教。又黑又矮又丑的藏下的笑容里有一个普通女人的一辈子的幸福。

增山

如果没有那一次意外那一次事故，增山更加和千千万万的普通女人一样，几乎找不到什么专门属于她自己的故事。

增山普普通通地和喜欢的男人恋爱然后结婚。结婚后增山家里添出两个男孩。平凡而自然的生活过了几年，直到那一个夏天的傍晚。

增山一家人围在饭桌前热热闹闹地吃过饭，因为天气太热，她和丈夫喝了很多啤酒。增山晕晕乎乎的，增山的丈夫也晕晕乎乎的，他们准备洗过了澡就和孩子们一起休息。

但是增山等了很久也没有丈夫从浴室里走出来的迹象。墙壁上时钟的秒针在走，滴滴答答地打发着时刻。增山大声呼唤丈夫的名字，因为没有回音增山去浴室，推开门，突然十分惊慌十分惊恐地喊叫起来。

人生有多少捉摸不定的困惑啊，增山感叹地对我说。如果可以事先预料到灾难和不幸，喝了酒就不会去洗澡了。在自己家里的浴室里，因为喝多了酒，因为脚滑倒时头部撞击到浴缸。

相亲相爱的人一瞬成为另一种相思的人。与丈夫有关的一切因着那一次意外的事故而成为增山对以往的怀念。

丈夫走了多少个年岁，增山的两个孩子终于已经成家成人。在每年都拿着鲜花前去的墓地，增山对睡在石碑里的丈夫说，虽然她仍然会与家里的那条中国系长毛狗相依为命，她决定晚年的人生要开始为自己而活。

远腾、池田、藏下与增山，从上看到下，从里看到外，虽然我认识她们有一段日子却无法找到任何共同点。她们是拼图里的一个个独自的碎片，有各不相同的线条和图案。她们的命运是她们用来装满破碎图片的盒子。

当远腾、池田、藏下与增山，当这四个女人穿着和服出现在饭店里的客人面前，当她们跪在榻榻米上为客人斟酒，当和服的下摆露出她们仍然白嫩的大腿和小腿，当她们微笑的时候，我总是会想起徐志摩的那一首诗：

最是那一低头的温柔

似水莲花不胜凉风的娇羞

道一声珍重

道一声珍重

那一声珍重里

有甜蜜的忧愁

这首诗已经快成为古诗了。志摩是日本的一个很古的地名。

17

部长突然通知我被调到五楼。

我喜欢四楼的几个日本女人，我刚刚同她们混熟，我刚刚找到她们年华中最美丽的容颜，我却不得不与她们说再见。大陆来的我孤单单一个人跑到五楼台湾人的圈子里，我觉得势单力薄而不安。海峡两岸的中国人在日本相会。大陆、台湾与日本，两岸三地。在富贵阁可以找到历史投影下的某一小片背景。我小心翼翼，尽量不主动与什么人说话。但是五楼的领班阿珠和她身边的一群女孩子，她们充满好奇心地向我询问有关大陆的一切。她们用香油、砂糖、辣油和食盐做菜花泡菜，她们用茶叶煮蛋，味道和我的母亲做的一模一样。她们同我一样喜欢叉烧肉。她们在家里做好我没有吃过的台湾米粉，她们将米粉带到店里让我品尝。到五楼没有几天，我和台湾的一群女孩就好像好了一个世纪。我们姐妹般熟悉了。穿过历史那条长长的隧道，我们来到了很远很远的地方。我们彼此知道一样的月光下有一样的黑头发和一样的黄皮肤。穿过那条长长的隧道，我们是一群没有过去也没有未来的女孩。地球本身就是令牛顿发现了地球引力的那一只苹果。地球是圆的，分开了许多年，如今我们握手说"相会"、"你好"。

五楼的支配人是当初我入店面接时部长的儿子，人们称他桥本。桥本看上去高大英俊并且年轻。有一天桥本突然叫住我，问我是否已经适应五楼的工作，有没有人故意刁难我。我第一次从正面看这个高大的男人，我发现桥本的脸白得令人感到虚弱。自这一次对话后，我也与桥本熟悉起来。桥本经常到我们这群女孩子的中间来，客人多的时候还会帮我们端盘子给客人送菜。桥本是温柔体贴的。阿珠对我说："秋子，桥本最近格外温柔，桥本搞不好爱上了你这个新来的女生。"我不相信桥本会如此简单地爱上我，但是我有一点儿好奇。桥本的身上有一种绝对与他人不同的东西。是什么东西呢？我觉得我无法找到好的语言来形容。我只是觉得他很容易令人感到无聊却又忍不住要发笑。桥本令我想象一棵树的空洞或者一堵墙壁上潮湿的缝隙，想象空洞和缝隙里生存的动物，好比虫子。

好像那一次午休。

桥本与我们这群女孩嘻嘻哈哈地开玩笑。桥本从衣服的口袋里取出点菜单时使用的小本子。桥本在小本子上画了一幅画。

一支箭射中了一颗心脏。是丘比特的箭。

这么陈旧的手法。丘比特对我来说是十七岁时的一幅画，是少年之心与少女之心，是一张纸做的模型，早已经破碎了。我忍不住大笑。

桥本不在乎我的笑。桥本接下去在画的下面写下一个数学方式。

1 + 1 = ?

桥本说："秋子，你来算出这个答案。"

我想不出除了 2 还会有什么答案。

桥本说："1 + 1 还有一个答案。"

桥本说："秋子，你好好想想人类史上的哲学，或者你好好想想我们和我们的父亲、母亲。"我还是想不通。

桥本做解释。桥本说："一个女人加上一个男人是两个人。一个女人和一个男人结合会生出一个孩子或者几个孩子。所以 1 + 1 的答案可以是 3 或者更多。1 + 1 的答案有好多种。"桥本一边微笑一边用手指着他自己和我。

所有在场的人都明白桥本的这个数学方式是他在向我求婚。不正经地微笑着的桥本看上去好似开玩笑。接近三十岁的男人用这种方式向一个刚刚认识没有几天的人求婚，我觉得离谱。

桥本的故事属于他和他父亲，属于两代人。

带上梦想乘着船来到那一片空地，他们凭借着菜刀开饭店，他们还凭借着剪刀开裁缝店，他们也用剃头刀开美容店。他们凭借他们的勤劳将空地变成喧嚣的集市。日本人不用专程去中国就可以在他们这里看到真正的中国人，吃到真正的中国菜，喝到绍兴酒。每到周末日本人就会成群结队或者拉家带口到到他们这里来。多亏了这些日本人，他们很快就摘下了瓜皮帽，他们穿上尖头皮鞋，在新的集市上盖满中国式红砖绿瓦的小楼，他们将集市建设成街。他们来自中国，他们说中国话，他们和他们的子孙们将街道充满，街道被日本人称为中华街。他们是在日的第一代华侨。

虽然他们的街在日本的国土上，但是只要他们走出属于自己的那一条街，他们就会以他们的肌肤感到水与火的不可相容，咫尺天涯。他们开始希望自己的子孙可以感受到日本社会的真实的痛痒，他们将开店所赚到的钱投在子孙的教育上。他们送子孙上日本学校，送子孙去美国留学。他们的子孙不仅会说中国语和日语，他们的子孙还会说洋文。会说好几种语言的他们的子孙成为在日的第二代或者第三代华侨。新华侨是日本社会新的成员。

桥本与新华侨有好多不同。桥本的母亲是日本人，桥本在学习说中国语之前先是学会了说日语。桥本的中国语不伦不类。还有，桥本的父亲一把刀也不会使，六十多岁了还在朋友的店里做工人。部长的经历像华侨史上一个离谱的旋律。桥本的离谱不知是否与部长的经历同出一辙。

阿珠对我说："秋子，人家桥本对你秋子有意，你无情也可以试一试嘛。"阿珠说："感情其实是需要培养的。"

我摇头。

阿珠说："你是大女，桥本是大男，你们两个人是孤男寡女，即使不结婚至少可以互相安慰。"我还是摇头。

阿珠说："你昨天晚上有没有看那个电视专题？"

我看了那个专题，但是我不知道那个专题与我和桥本有什么关系。

专题里男主持人与几个女人对谈性与不伦。

你今年多大了？

二十八。

有孩子吗？

有两个。

使用电话俱乐部，你已经同多少男性有过性关系？

三十位左右。

你为什么会利用电话俱乐部？

丈夫回来得晚，回来就睡觉。所有认识我的人都将我称为在家里只会睡觉的某某的太太。某某的太太是我的一个符号。

你想做回你自己？

与丈夫以外的男人性交，有一种被温柔体贴被需要的真实感。

不怕你丈夫发现吗？

我有绝对的把握不让他发现。

谢谢。

女人们的容颜被现代技术处理成色块，没有人知道她们是谁。听到她们高声大笑我浑身起鸡皮疙瘩。我想起古代罗马时的某一个无聊的故事。我对阿珠说："阿珠，如果不是因为你说这话是在开玩笑，我真的会揍你。"

我不敢想象我的四〇六号房间的背景由翔哥换成桥本。

阿珠说："你知道吗？有时候爱情好像蒲公英的种子，随风飘荡不知道落在哪里，不知不觉间会长出新苗。"蒲公英是夏天里思念的黄色小花。今天是春天，今天的天空里没有吹来的那一阵风。还有，我爱恋的男人翔哥会不分季节地出现在我的四〇六号房间里，翔哥给我即时即刻的安慰与快乐。我喜欢房间里那张极少整理过的大床，大床才是我通向下一个目标的路。还有，安慰有许多种，我喜欢有爱的那一种安慰。

　　黄金周后的星期二翎哥带我去了香根。是一日游，途经小田原、雕刻森美术馆，最后由强罗乘观览车到芦之湖。在香根看不到海天一际的景色。强罗湾的东西两侧是绿色的重峦叠嶂。我和翔哥一大早就出发，到了强罗湾时太阳刚刚在山腰那里扩展开来，忽然就有云将太阳遮住。小雨很快洋洒起来。湾与山笼罩在雾霭里，风景尽收眼底。江山如画，如画的还有我的心情，我的心情像潮湿的空气一样澄清。

　　早就知道雕刻森美术馆以独特名闻遐迩。虽然不是原作，自罗马时代开始至现代，大量的雕塑作品被展示在露天里，森林般茂密的树迷宫一样将它们隐藏起来。我和翔哥穿梭在巨大的迷路里，最先辗转到大卫的胯下。大学时代我曾经在丹纳的"艺术哲学"一书里看过原作的照片。我在第一次看见翔哥的时候，翔哥性感的屁股令我想起的就是那一张照片中赤裸的大卫的屁股。翔哥的屁股在大卫的雕塑前电影镜头般突然出现在我的眼前，我情不自禁地摸了一下雕像的大卫的屁股，冰凉而且潮湿。我的抚摸是一种冲动，无疑来自于某一种情感。我喜欢艺术也喜欢翔哥，我喜欢翔哥超过我喜欢的艺术。我被翔哥搞得混乱不堪的时候，艺术好比是一幅拯救我的良药。大卫不会想象到，当有关他的时光滑落下来像一张张纸在我的心里展开，我却在抚摸另一张真实的有温度的皮肤。我总是将所有的感受用于思念与爱恋。站在罗马时代的大卫的脚下，我想象起我和翔哥应该可以一起走多远走多久。有一对男女走近我和翔哥的身边，他们谈论着大卫和雕塑。对大卫来说也许我是在猥亵艺术。

宙斯拒绝赐予文明所必需的火种。

"我给他们明亮的眼，他们视而不见；我给他们聪敏的耳，他们听而不闻；我给他们天籁般的声音，他们无法交谈歌唱；我给他们宽广的胸膛，他们却从未感受到春日的和煦以及我的疼爱护惜。可我不气馁，我耐心教他们看见我听懂我感受到我，他们终于也能够望着天的辽远地的无涯和日月星辰的起落，他们终于也能听见鸟叫虫鸣风声水响……"

我紧紧握着翔哥的手，我对翔哥说美术馆里的一切，包括残缺都是十分的完美。我想说我们结合过所以我们永远都不会分开。我相信大卫听得到我抚摸肌肤的声音，我相信大卫看得到那一条自罗马时代开始就滚滚流淌的泥沙俱下的大河。滚滚红尘，云雨中我的目光依然清澈，我看见大卫下凡来到人间，我看见翔哥俯身于我的身影。我和翔哥的吻温柔缠绵。

如果没有云没有雨，由早云山乘缆车去桃源台的途中可以看到日本的富士山。但是兰天大雾，缆车升到最高处时突然有一大片一大片白色的雾从四面八方挤压过来，物质般密密实实地将缆车包裹起来。除了我和翔哥所坐的车厢是一片透明的存在，透明的尽处是白色的墙。天空消逝了，大地消逝了，树木消逝了，山与河也消逝了。我和翔哥的车厢是这样的小，小得像一个几尺大的篮子。除了篮子里的我和翔哥，人类也消逝了。古往今来流逝的时光一瞬间凝固住，万象虚无。世界好像回到远古，我想起圣经里的那个伊甸园。世界上好像在发生令人置信的事，我说。

翔哥闪电般吻过我的额头。

空气中充满了我的惊喜。如果你不是亲自感受到这样的一种奇遇，你一定不会懂得这一个吻的价值有多么大。

我和翔哥站在桃源台的山巅看脚下的芦之湖。世界又恢复了从前的景象。小雨依旧在下，不知道什么时候天色已经黑下来，我挽着翔哥的胳膊，也许是刚才的奇遇所生发的心情还没有来得及消化，我不知说什么好。沉默了多少秒，沉默了多少分，在芦之湖的对面，在重峦叠嶂的山巅，有一条彩虹飞过。写散文的女孩风吹阑夜在给我的来信中说日本是一个"美丽的岛国"，我在美丽的日本。我的眼前正出现日本作家川端康成也没能有幸一饱眼福的奇景：一处水面上的雨中瞬间飞起的彩虹。翔哥告诉我，彩虹有明暗两色，鲜明颜色的是虹，呈雄性；黯淡颜色的是霓，呈雌性。川端康成看过也写过许多美景，唯独没有看到我眼前的这一个景致。一日间竟然有两次奇遇，站在桃源台的山巅上，我深深感到来自于天地万物的那一种存在和宿命。世界在我的眼里变得喜气洋洋，我感受所偎依的翔哥的温暖的怀抱。我们的爱情像彩虹。我们偎依在桃源台的山上做霓做虹，我们互做霓虹。

　　我站在椅子上用毛巾擦墙壁上的时钟，有人将我的短裙掀起来。我本能地大叫起来，看到桥本笑嘻嘻地从门口溜掉。混帐浑蛋，我一连声地骂桥本。

　　阿珠跑过来问我："发生了什么事？"

　　我指着门外，还没有来得及解释，桥本又从门外走进来。

　　桥本挤眉弄眼地告诉阿珠说："阿珠，秋子今天穿的是一条粉红色的内裤。"桥本说："今天的运气好啊，我最喜欢的短裤颜色就是粉红色。"

　　我看着桥本，明明是刻意骚扰，但是因为他有勇气跑出来自己将所做的事说出来，现场的气氛好像一个男人的恶作剧。只知道桥本喜欢做离谱的事，现在发现桥本其实还挺阴险的。粉红色是翔哥喜欢的颜色，想不到桥本也会喜欢。为了翔哥我才精心策划地选择了这条粉红色的内裤，桥本却使我的心情患了感冒一般。"混账！"我更加控削不住地骂桥本。

　　"秋子还没有结婚，你不要在秋子的身上乱来啊。"阿珠半开玩笑地对桥本说。

　　吃过饭，部长说有事要谈要我去一下他的办公室。我知道部长要谈的大约与桥本有关。部长的办公室里充满廉价花露水的味道。

　　我，还有阿珠、增山和立新，我们都知道部长拼命使用花露水是缪伦斯家族的一个秘密。部长曾经做过直肠手术，手术的后遗症令部长大便失禁。部长的肚子上装有另外一个人工肛门，人工肛门上贴着装有大便的特制的水袋。大便的气味总是不可控制地从纸带里跑出来。体会到这种气味的苦恼是多少年以后的事。想不到我养的爱犬，因为兽医师做去势手术时不小心伤到了它的某一根神经，爱犬在大便的时候因为用力会触动那一根神经而痛得惨叫不止。我曾经想尽办法来解除爱犬的疼痛，我跑遍附近所有的兽医院，我甚至跑到东京大学所附属的兽医院，爱犬前后共做了五次大手术，就因为爱犬是小狗而小狗不会说话，兽医师们最终也没有找到那一个会痛的神经。解除疼痛的唯一手段就是在爱犬的肚子上装一个人工肛门。家里的房间里永远有一种不会消逝的大便的味道，这种味道不知不觉间影响着我的情绪和生活。终于我受不了，有一天我冲着豆豆说我真的是受不了啦。豆豆是爱犬的名字。我没有办法将豆豆继续养在房间里。有朋友说不如将豆豆安乐死，豆豆毕竟只是一条小狗。豆豆三个月的时候我从动物商店里带它回家，我将豆豆由手掌那么大养到今天，豆豆不是小狗，豆豆是家族的一个成员。对不起，豆豆。

我宁肯花好多钱将豆豆寄养到兽医院。豆豆得了这种病，换成是人的话我不可能将人寄存在医院里。我发现我也挺卑鄙的，我一边说豆豆是我的孩子，一边却放弃了对它的责任。我也想过将豆豆接回家里但是我没有继续呵护它的信心。我苦恼，至今为止我还在苦恼，只要豆豆不回家我都会一直苦恼下去。来自豆豆的苦恼改变了我的性格，我多少有点儿多愁善感并患得患失。真的，我喜欢小狗，小狗里我最喜欢我的豆豆，豆豆乖舛的命运常常令我心痛并且内疚。豆豆不在家，我经常会怀念起没有人工肛门没有大便的味道的那些健康的日子。为了想象豆豆在兽医院里会寂寞，为了我好像是豆豆的母亲却不得不放弃照顾它爱它的责任，我经常会莫名其妙地哭泣。我发誓除了豆豆以外我永远都不会再养小狗。

部长以苍老的容颜看着我。

部长问我："秋子，虽然有点儿唐突，我还是想问一下你是否愿意和我的儿子桥本结婚。"我想说"对不起"，但是我觉得"对不起"这三个字应该亲自对桥本本人说，部长是桥本的父亲。我沉默不语。糟糕的是部长没有理解我的心情，部长依然看着我的脸。

部长说："如果你愿意和桥本结婚，我愿意出钱安排你们去温泉，温泉不满意的话去夏威夷也行。"部长说："婚礼就在富贵阁举行。结婚的时候富贵阁的老板会出五万，老板的父亲出五万，一楼、二楼的支配人出五万……"部长数了很多人的名字。

部长说："光是礼金就有近百万的钱进来。"

礼金，虽然它们根本不同，我还是想起本命年时母亲送我的那一根红绳腰带。关于礼金和红绳腰带有什么不同我真的不愿意想，我只知道它们背后所隐藏的那个出发点是一致的，可怜天下父母心。在部长面前我是一个朴素的女儿，我觉得我就快哭出来。"对不起。"我说。

立新对闷闷不乐的我说："秋子，不知道你最终是否选择留在日本？"

立新说："你知道，我和乌龙茶是黑户口，除了回上海没有其他的选择。"立新说："桥本也是半个中国人，长的样子也还说得过去，桥本可以是回国以外多出来的另外一个选择。"立新说："你知道吗？桥本其实也是大学毕业，也有他自己的电脑专业，是老部长觉得将他放在自己的腋下可以放心才在富贵阁做楼层支配人的。"立新说："在日本找一个有中国血统的日本人远远强过找一个打工的中国人。"立新的逻辑十分单纯，为了留在日本可以和桥本结婚。那个时候，日本远远比中国富有是一个事实，但是我爱中国。为了一个不爱的男人而放弃中国是不可能的事。一样的月光洒在走向车站的我和立新的身上。

寒冷的时候我们有足够用来暖身的大衣。我想起北京的大头和不知道在哪里飘摇的和平，我眷恋他们，因为他们在国内，我愿意为了眷恋而回国。还有，我想起或许正在四〇六号房间等着我回去的翔哥。

大头、和平、翔哥，虽然我与他们之间各有不同的关系，但是他们分别是我不同时期见过体验过的大海。爱恋大海的人怕是难以爱上小河。

翔哥当真等在四〇六号房间里。翔哥穿着灰色的袜子，坐在窗边的沙发上。窗帘被我换成粉红色，粉红色映在翔哥的脸上看上去像翔哥脸上的红月亮。房间里回响着那一首翔哥喜欢的英文歌，旋律令我想起我去夏威夷时见过的海浪。翔哥从粉红色的夕阳下晃过来，走到刚进大门的我的身边，吻了我的额头。我坐到翔哥刚才坐过的沙发上。

也许是立新的话影响了我的心情，我对翔哥说："翔哥，我突然想起一个叫沙漠旅行的算命方式。"我说："这个算法是我在国内时一位女导演教我的，不知为什么我竟会在这个时候想起来。"我说："我试过给很多人算过命，都说很准的。"

我说："翔哥你也来试试。"

翔哥迷惑地笑起来，起身冲了两杯咖啡。

翔哥说："反正你明天不去学校也不用打工，今天晚上睡不好觉也没有关系，我会多陪你。"咖啡的味道真的是好极了。

"想象一个人在沙漠上旅行。"我说。

"你口干舌燥，发现你的眼前有一只杯子，是一只玻璃空杯，你会捡起它吗？如果你捡起它，你会用它来做什么？"我问。"我不会捡起那只杯子。"

"你接着走下去，你发现有一条小河，你在小河那里都做了什么？"

"我会喝一口小河的水。"

"你接着走下去，这一次是一间木制的小屋。你会进小木屋吗？如果你进去你想象你在那里做什么？你想象小屋里有什么？还有，小木屋里一定有一枝花，你想象那枝花应该是什么颜色？"翔哥说："我进了小木屋，我在那里抽了一支烟。小木屋里有一张大床，款式与我们面前的大床一模一样。"翔哥说：

"我愿意那一枝花的颜色是原色的，最好是纯白纯白的，好像你给我的感觉。""接下去你会发现一座美丽的宫殿。宫殿前有美女邀你入殿并请你吃苹果。"翔哥说："我进了宫殿，也吃了那只苹果。"

"出了宫殿你眼前有一道墙壁。是什么样的墙壁？你翻越过去了吗？"

"我看到墙壁是土制的，我翻越过去。"

"你接着走下去，一望无际的大海出现在你的面前。"

"我借一艘船渡过大海。"

"你渡过大海，你的左边是茂密的森林，你的右边是宽广的草原。"

"我会毫不犹豫地走向草原。"

我看着翔哥，说："命算完了。"

我对翔哥解释说："玻璃杯是初恋，小木屋代表婚姻，宫殿暗示婚外情，墙象征事业，大海隐喻夕阳恋，森林和草原显示晚年的境况。"我说："翔哥你不曾有过初恋，虽然你的婚姻挺完美的，你还是会与妻子以外的女人不伦，好像现在与我的关系。"我说："翔哥你到老到死都会为女人为爱而活，因为你选择了草原，虽然你从来不会安分守己，你还是会很安定。"我说："我感到意外的是翔哥的事业。我本来以为翔哥会想象那一道墙壁是金的、大理石的或者就是铁的也行，想不到翔哥会想象成土。翔哥的事业不是很好。"说到事业，我突然感知我其实一直都不知道翔哥的身份，我不知道翔哥是做什么工作的，我从来也没有问过。只要翔哥可以来陪我翔哥就来。翔哥永远有大把大把的钞票。翔哥不需要工作吗？翔哥的钱来自哪里？"翔哥你的工作是什么？"我近乎小心翼翼地问翔哥。

翔哥说："我是一个自由的游民，什么工作都不做，什么工作都做。"

翔哥说："好比现在，我就想与你迅速地做那件事。"

翔哥过来抱我，在我的耳边小声地说："我永远也不会给你添麻烦，因为我爱你。"

我和翔哥迅速地做爱，我们与以往一样进入那个瞬间的高潮。虽然我对翔哥一无所知十分荒诞，但是我抚摸翔哥的屁股，翔哥的屁股是真实的。一直以来我都在寻找一个高大的、性感的、喜欢粉红色的、迷恋有高潮的会做爱的男人，我找到了，这个男人是翔哥。

　　我没有告诉翔哥我的腰痛得快端不动盘子。

　　平时的日子我不再打工以来，翔哥三天两头地来陪我。我们相互迷恋所以我们每次见面都会做那件事。已经丢失过多少次我早已经数不清楚。腰痛的时候我的眼前经常会想象出那一条河，那一条由我的体内流出来的不尽的河。我知道我正渐渐地消瘦下来。这样下去我想我也许会死。我站在四〇六号房间的窗口，看对面新丸子车站的出口，许多陌生的面孔来了又去。我听翔哥喜欢的那首英文歌，想象再见翔哥的时候一定不要忘记问他歌词的意思。我与日本，与翔哥，与新丸子，我和翔哥与新丸子车站，我想我说不定真的会死。我的身体上有一种变化令我开始想到死。我的皮肤经常会觉得这痒那痒的，只要轻轻用手抓一下就会有一大片一大片的乌色的淤血显出来。立新最早发现了我的这个变化，立新对我说："秋子，你必须去医院。"立新说："你这样下去会很危险。"

　　继立新后就是那个丰乳肥臀的喜欢用"猫宁"打招呼的赵小

姐。赵小姐神秘兮兮地将我拽到角落。"你知道吗？"赵小姐问。

"什么？"

"传言啊，关于你的传言。饭店里私下传说你得了艾滋。你的胳膊和腿上到处都是大片的乌青，你快去医院治疗，你知道这样的传言传到老板那里的话，你会被解雇的。"我感谢立新和赵小姐关心我，但是我觉得心里有点儿不舒服。

母亲在我觉得危险的时候来日本看望我。翔哥陪我去机场接母亲，翔哥将我和母亲送回家。我对母亲撒谎说翔哥是我现在的男朋友。

母亲陪我去医院，验过血拍过片子，什么物质上的病变都没有，可是我真的很消瘦。母亲陪我去药房取药，看着药母亲突然问我："秋子，你知不知道古时候这个药字怎么写。"我说："不知道。"

母亲说："古时的药字由当今汉字里的三个字构成，他们从上往下从左往右地数下来是自家水三个字。"母亲说："这个字的意思是，再好的药也不如自己身体的元气和元水。"母亲说："你已经老大不小的也结过婚离过婚，应该懂得那件事做得太频会毁掉自己的身体。"母亲说到那一件事令我哭笑不得。我让母亲住在四〇六号房间里，翔哥很少来，来也只是坐一小会儿喝一杯茶。平常的日子里母亲教我如何用大头菜和醋做中国泡菜。母亲买来韭菜和虾仁做我小时候最喜欢吃的肉包。披头散发地和母亲相偎了三个月，立新说我的脸红润了，淤血也消逝了。

我几乎忘掉我会死的时候母亲要回中国去，我和翔哥去机场送母亲。

母亲说："再见。"

母亲说："你不要忘记那个最好的药。自家水好的意思就是要节约。你真的要学会控制一下。"

我是我母亲的噩梦。母亲不知道她回去没多久我的腰已经又开始痛起来。我好想告诉母亲我和翔哥在一起做那件事，我们不是那种乱七八糟的性交，我们真的是互相迷恋互相欣赏，我们是在做爱。我说过翔哥是我一直以来都在寻找的那个男人，我说过我想念翔哥这样的男人已经很久。和翔哥在一起我们不能停止做爱。

　　我又被部长调到一楼。

　　立新说我傻。立新说好容易桥本看上你，你可以在五楼舒舒服服的，你一定要拒绝桥本也应该等到辞掉这份工。想起桥本掀过我的短裙看过我粉红色的内裤，我对立新说我喜欢到一楼来。我说的是真的。拒绝了老部长，从老部长办公室走出来，我觉得我快要哭出来。伤了天下的一个父亲，我不知道有什么是比这更加糟糕的。知道我腰痛，可怜我从五楼被调到一楼，立新在工作的时候不让我做这个，不让我做那个。我手里的盘子，能接的话立新都帮我端出去了。缘分是一个人的事情，立新偏执多事总是与一楼打工的人过不去，但是立新说我是她在日本认识的中国人中最希望成为朋友的一个人，立新不怕将她黑在日本的处境告诉我，立新与我每次都穿过同一条大街去车站。立新像我熟悉了多少年的一个姐妹。而那一对福建姐妹有一天突然对我说我就像立新的奶妈。

　　立新是那种典型的上海女孩。之于上海人，张爱玲写过一篇

"到底是上海人"。"谁都说上海人坏，可是坏得有分寸。上海人会奉承，会趋炎附势，会浑水摸鱼，然而，因为他们有处世艺术，他们演得不过火。关于'坏'，别的我不知道，只知道一切的小说都离不了坏人。好人爱听坏人的故事，坏人可不爱听好人的故事。"因为立新在，富贵阁才有了我笔下的这么多的故事。

除了在富贵阁端盘子，立新和乌龙茶又在清扫公司找到一份早工。清扫公司的社长为了节省交通费特地给他们买了一辆自行车。立新和乌龙茶是黑户口，黑户口的人不敢骑自行车。日本警察不会随意巡查一个步行的人却可以有借口巡查骑自行车的人。有一天立新告诉我说她和乌龙茶将那台自行车托运到上海去了。

我几乎不敢相信我的耳朵。

"怎么会？"我说："自行车不是公司所有的吗？你们辞掉工作的时候不是要返还公司的吗？"立新说："你怎么这么傻，不会说自行车忘记上锁被盗窃了吗？日本警察会为了一辆自行车追到上海去吗？"我总是即时即刻，我不会像立新一样想事物的前因后果，我瞠目结舌。

我母亲曾经说我身边的女孩个个眼里滚花，唯有我的目光令她担心。我母亲说我的目光傻呆呆的。我总是不经意将身边的事物搞得乱七八糟。立新说她讨厌一楼的领班是台湾人，立新说她会想办法搞掉她。

我当然不相信立新所说的会成为现实，不会有立新想象的后果。

我说："台湾人是元老，都叫她撼不倒的大树，你一个临时工而已。"

我说："立新你不要惹是生非了，你若爱国就抓紧时间挣钱早日回去贡献。"立新说："我自己当然撼不倒那棵树，但是一楼的支配人山馆与台湾人死对头，为什么不利用山馆？"立新反问我。立新说："我备柴山馆引火，不是一石二鸟是二石一鸟。"

立新有意将收回来的酒杯和茶杯堆到水池里，立新不让我洗，福建的姐妹与立新过不去当然也不会洗。台湾人开始不高兴，命令立新将酒杯和茶杯洗出来，立新装做听不见。我对台湾人说："算了，不要计较了，干脆我来洗。"

台湾人拦住我说："不行，你不能洗。一楼是我做主，我要立新洗立新就得洗。"立新偷偷地在我的耳边说她在等着台湾人发怒，台湾人发怒她就成功了。立新就是不洗。台湾人的情绪已经像一只小兽，正如立新所预料的，台湾人果然生气起来，她说："立新你一定是不想做这份工了，我想我可以成全你。"

台湾人为了解雇立新将事情转到山馆，山馆向老部长做了汇报，老部长又将事情说给老板听，老板说一个临时工的事部长做主解决就可以了，我不能不担心立新。

　　我对立新说："都说退一步海阔天空，这里又不是大陆，你只管挣钱何必在乎领班是不是台湾人呢？万一你输给台湾人你就得离开这里。"我突然觉得哀怨，沉默了一会儿我稍微平静下来，我说："立新你本来就是故意的，你不如真心地道一个歉好了。"立新说："秋子你真的就是书读得太多读傻掉了。"

　　立新说："你怎么看不出这是一个千载难逢的好机会。"

　　立新说："台湾人与山馆吵过架，所有的人都知道他们两个势不两立。与其说是我制造了这个机会不如说山馆在等这个机会。""可是这一次是老部长来解决这个问题啊。"我说。

　　"老部长最听什么人的话？"立新问我。

　　我想了想，我说："老部长应该最听桥本的话。"

　　立新说："这就得了。"

　　立新说："有一件事我一直没有告诉我。"

　　立新说："我本来以为你与桥本万一有什么进展的话我就打算装作不知道的。"立新说："反正你与桥本已经没戏，反正你已经到了一楼。"

　　立新说："其实桥本的一头乌发是假发。"

立新说："是台湾人有意让桥本当众出丑她才会知道。"

立新说："打人不打脸揭人不揭短，台湾人故意在我们面前执掉过桥本的假发。"立新说："桥本对台湾人从那个时候起就已经怀恨在心。"说怀恨在心的时候立新有意将声调拉得很长。立新说："这一次我会发动一场群众战争。"

是一场发生在三地两岸的战争。两岸三地。

自从我平时不打工，五楼的淑云会到一楼帮忙。淑云也来自台湾，淑云的丈夫和撼不动的大树的丈夫在同一家饭店做厨师。但是撼不动的大树的丈夫是厨师长，淑云的丈夫是厨师在厨师长的手下做事。淑云是丈夫拜托厨师长，厨师长拜托撼不动的大树，撼不动的大树介绍到富贵阁来的。淑云曾经在撼不动的大树的背后说，她以为介绍我来富贵阁就可以管我的手脚，甚至管我的家庭。具体的事情我们什么都不知道但是我们知道淑云与撼不动的大树有过节。淑云有一儿一女在读初中和高中，正是最花钱的时候。淑云年纪比较大，是那种会节省的女人。来富贵阁吃饭的情侣叫套餐的比较多，套餐的最后一道菜是用棕叶包着的糯米饭。客人多是没有动过筷子，淑云说没有动过筷子的米饭被扔掉会遭天罚，淑云常常将糯米饭一个一个地分给想要的人，让他们带回家。我们以为这是司空见惯的事，谁也没有想到会出事。

立新、我、福建姐妹还有台湾领班，我们一个接一个地被部长叫去谈话，唯独淑云例外。我看到淑云不断地用手帕擦偷偷流下来的泪水。糯米饭的事成为一件严重的盗窃事件正由部长做调查。我们从部长那里回来，我们对淑云说我们证明你没有偷窃。因为只有撼不动的大树没有对淑云说她也同我们一样证明过淑云没有偷窃，空气中突然流动着一种语言：是撼不动的大树告的状。

然而我看到立新走到淑云那里，立新对淑云说着什么，淑云不断地点头。不久淑云被部长叫去。我想起立新说她要发动一次群众战争，我什么都明白了。是立新对部长说了糯米饭的事，而立新让所有的人都认为是撼不动的大树告的状。

所有有关的人都被叫到五楼。社长、部长、支配人也全都到齐。为了一个普通的临时工召开如此郑重的会议，我想中华街不会再有第二家的。我们几乎异口同声地说淑云没有偷窃过。

社长沉默着部长沉默着所有的打工人都看撼不动的大树。我低头看自己的手指，除了立新，大约只有我知道这不过是一场照搬的鸿门宴。撼不动的大树与我没有过节，我也不讨厌她，我觉得什么都不知道什么都还没有察觉到的大树挺可怜的，但是我无能为力。日本著名的漫画家宫崎骏风靡一世。核大战后大地污染种绝，大地发怒，唯那个能驾驶飞行器的女孩，她在空中翱翔，将美丽的影投照在大地之母的眼帘中，抚平了大地的怒气。女孩走在云端，走在风之谷的人们的仰望中。这个女孩，这个漫画中的女孩，动画般走到富贵阁。

立新突然间一脸严肃地看着老板。

"作为一楼的支配人，却总是搬弄是非、倚势欺人，我们在这种人的支配下工作，我们工作得一点儿也不愉快。"立新说。老板看桥本和山馆。

"是的是的，不少员工也对我说过这样的话。"桥本看着桌子说。

山馆什么话都不说。

立新说："还有那一次吵架的事，那一天很忙，客人很多，我上菜、收盘子，我忙得不得了。身为领班，越是忙的时候越应该以身作则，好像山馆支配人经常会亲自帮我们上菜、点菜。为什么领班除了教训人就可以不用洗酒杯茶杯呢？"立新说："我不是在这里做比较，我的意思是有没有公正。"

立新说："因为是领班所以可以来去自由，一会儿是为了儿子，一会儿又是为了丈夫，一会儿是朋友来了。"立新说："那么忙的时候，怎么可以与朋友聊一个多小时呢？"

立新突然看着我，立新说："秋子你说我说的对不对？"

早上来饭店的路上，我曾翻阅了放在电车的什物架上的一本杂志。杂志上说所向披靡的广告女王小泉今日子患上了艾滋病。可是我离家前刚刚在十频道上看到她为麒麟啤酒所做的广告。小泉今日子以诱惑的声音看着画面说我想喝芳醇的麒麟。我相信小泉今日子绝对没有患上艾滋病。我想起八七年，那时我还在国内，美国的华盛顿有过一次祭祀艾滋病的葬礼。我以葬礼主持人的心情想尽快结束正在进行的仪式。

我说："不如让领班道个歉就完了，以后大家都小心。"

我知道我所说的话对什么人都没有作用，本来我就与所有的人都没有关系，我觉得伤感，发生的一切和我无关。

三天后我们都知道撼不动的大树被解雇了，她一句怨言都没有说。

我现在想一想，或许她知道她自己输在哪里。她离开饭店的时候我看到她和山馆正好在长廊相遇，我看到他们像陌生人一样视而不见。她离开饭店的时候给了我一张小纸条，上面写着她家里的电话号码。

她说："秋子，有时间的话就给我打个电话。"

我说过要她向大家道个歉，她给我她家里的电话号码或许因为她知道我其实想过拯救她。写着电话号码的纸条十分沉重。我知道我永远都不可能给她打电话。我说："你拼了十几年了，就当这一次是机会，好好休息一下。"

　　"谢谢。"她说。

　　我们说完谢谢后永无再见。

　　她是我的人生中看过的落花与流水。

　　日本的雨滴流下来的时候滑过肌肤，肌肤上会有一种白白凉凉的感觉。因而我常觉日本的夏天像夜的月光，使人产生一种秋的寂寞。

　　附近的公寓又新添出许多募集住客的广告牌子，一张张地排下去，很像我房间里墙壁上挂着的日历簿。日历簿的页码再翻过去几页，该是雨季过去的时候了。恰就是在这个时候，翔哥对我说他将远行几日，他要去的地方远至一个海洋的彼岸。

　　翔哥说这话的时候，是日本雨季里雨最大的一天。还清楚地记着翔哥是踩着阳光走进我的房门，只是在翔哥说过他要远行以后，一场骤雨就降临了。四〇六号房间中的我和翔哥，那时就沐浴在一种灰色里。尤其穿着灰色西装的翔哥，简直就是灰色的一部分，或者就是那灰色所昭示的活的魂。我觉着日本的雨季是从灰色中渗出来的，也是从翔哥的西装上溢出来的。脑袋枕在翔哥灰色的西装上，我将心里灰色的风景告知给翔哥。

　　或许是雨的寂寥我的弥漫的灰色感染了翔哥，翔哥说今年日本的雨季好似格外漫长，以往的这个时候，日本已经很热了。

　　翔哥说的恐怕是真实的。只是我再一次地惊愕于翔哥的沉静。于客观存在中触及到一种感觉，并不是每一个人都具有的命中的因缘。我短短的一生中，感觉常似梦幻般地泛滥。就因为是感觉，因而并不真实。很久以前我就发现自己有一种失落的阴暗心理。除却人生无常、虚幻的老生常谈，更是因为我不具有明了自然和人生的超然素质。许多时候，我以自己对自然和人生的感悟中所得到的境界而一味地回归到古已有之的悲哀里，就因为如此，我的病与多数人不同，我的病是一种郁悒，或者是一种无限的缠绵。我总是长时间地处在一种源源不断的灰色的梦的感觉里。

　　沉静的翔哥与我完全不同。翔哥总是这样沉静。在我这里觉得不得了的事在翔哥那里都是自然应该存在的样子。与翔哥认识这样久，从未见过他大喜大悲，更多的却是常听到翔哥说这样的几句话：是这个样子啊，没有关系啊。翔哥这种十分现实的沉静总是使我一边做着梦一边就清醒过来。我常思忖，翔哥待人接物时自然表露和运用的沉静，翔哥优雅而澄明的心情，该不是那种超自然的经过内心和精神上的苦恼后才可以达到的境界罢。

我不知道翔哥的沉静是否真的是这样一种宗教意味的境界，就好像我不知道对于人丝来说，处于不甚明了的徘徊中是否幸福一样。但是，无疑的是，与翔哥亲近，翔哥的沉静慢慢使我亲近了一种超自然的安谧和幸福，使我颓丧的心绪得以治愈。因为，翔哥总是将一种感受的实体昭示于我，自然和人生的存在，是人类的幸福和愉快。肯定万物，视轮转无常为人的命运。倘若翔哥的沉静当真是一种宗教意味的境界，那么，翔哥或许无意昭示于我的便是他沉静情感的内涵，是很有自然的润泽的。

就是这样，我有幸亲近了翔哥的沉静并得以治疗心绪，就好似我本来正徘徊在忧郁中却突然被翔哥吸引顿足，顿觉心情沉静并安详下来一样。如今，翔哥远行已有多日，倘若在过去，我会为此而寂寞并忧郁。但这一次不同，这一次我觉着翔哥仍在这个城市里，就在我身边，只要我抓起电话，或者伸手触摸，就可以听见翔哥的声音抚摸到翔哥的身体。寂寞不再是四顾无人，而是心中无一个人可以思念。天地万物与生命同存，永存。人，活着，就是在活着，并非在意志的驱使下活着。无常是生命的闪光。

可不可以说，最不安宁的是人的魂。倘若可以这样说，那么，最不安宁的魂的另外一种极致便是最彻底的安宁，我现在已经拥有了这样一种极致，这极致就是翔哥。翔哥走后，世界之于我，凝聚为翔哥一个人。仍然是雨，黑暗中大片的灰暗已悄然隐去。我如此发现了我自己的心情，想到这心情的发现与翔哥的沉静有关，我从中获得了一种舒畅的慰藉，感受到一种爱的温暖。

在雨季，翔哥是沉静，静静地陪伴着我。

二十日，翔哥从香港打来电话，约我二十一日晚六、七点的时候在家等他的电话，他说他那时回日本，直接要见我。二十日晚我等到夜里十二点，不见翔哥的电话，也不见翔哥来。我突然想起翔哥在电话里说海岸的对面二十一日有台风的事。估计台风的原因飞机不能按时起飞。想翔哥一定会再来电话告知我原因的，就随便拿一本书看。

本来，听说翔哥要来，我是早早地洗了澡，化了妆，换上漂亮的衣服，徒劳修饰一场的感觉使我难以专注读书。只模糊记得是写一个很寂寞的女人偶然得了一只很通人情的狗，女人和狗正处得十分安慰的时候，狗却突然丢失了。女人因此失去了一种被无限信任、无限依恋的感觉。我恍惚想象着女人失落的情形，不觉读到了最后。没想到，作者的一句话突然使我的心中滑过一阵冰冷的哆嗦。

那话是这样写的：怎么能想到，它与我只有短短一个半月的缘分呢。怎么能相信，多少年来梦寐以求的忠实伴侣，好容易来到你身边，却会在一刹那之间就无影无踪了呢。读书至此，我再也没有心情了。哆嗦处所触及的，是一种不详的感觉，十分冰冷。

说不出什么原因，我下意识地打开电视机，紧张地将频道从一摇到十，又从十摇回一。我怕新闻中会有我怕出现的消息。新闻报道：在塞班岛有一个日本人被杀害。详情介绍完后，是一个食品广告。我的心稍有安慰。

只是仍不安宁。呆呆地坐在床上，目不转睛地注视着电话机。在心中，那台电话机就仿佛上帝一样。期待铃声响起来一如期待上帝的福音。

铃声一夜未响，我也一夜未睡。不安的恐惧中，每一个微小的声音都会使我心跳不已。

二十三日，我足未出户。茫然的焦虑闭锁了我。一股巨大潮湿的气息在我的心中和眼睛中回荡，我似乎嗅到了一种死亡的气息。倘若我发现了一种最好的形式，那么我从最原始、天真的游戏中试图找到一种结局。这当是一种试验。

我将那一枚圆圆的硬币握在手心里。一边对上帝祈求着，一边就有汗水将那硬币湿尽了。当我抬起手，试图将硬币抛起来的一刹那，我害怕了。我怕硬币落下来时不是我所祈望的正面。我想起我常相信的一句话：人什么都可以不信，但是不能不相信神谕，我怕这个神谕是那个万一。

有时候，事情越想明确就会变得越不明确，说起神谕，我想起翔哥在电话中说他明天就回来后我说的一句话。我说翔哥你可不能不回来。这话是我当时玩笑着说的，现在却神谕般以一种巨大的阴影罩在我的心上。

莫非……

我不敢想下去。我陷在茫茫无垠的失望和痛苦中。

遇到意外的事时只想到不好的方面，也许是忧郁而颓废的。但融在朴实的悲伤中的情感，却无疑含有几分温馨，使人感到对感情的眷恋。担忧是这感情中最为强烈的一种。许多情形下，只因为有担忧在，人类才留恋地生活着。担忧是值得珍爱的。也许正因为如此，当二十四日翔哥从日本机场打来电话时，当我安心之余将我的心情诉诸翔哥时，翔哥竟是感动得不行。翔哥说："谢谢。"

　　翔哥从机场直接到我这里。一天一夜的紧张与不安之后的安堵好似被提炼过一般纯净。我发现当爱情成为相思相念，爱情会令人心痛。我第一次渴望翔哥可以能够从早到晚都陪伴我，我希望我和翔哥可以相伴到黎明。

　　我目不转睛地看着翔哥，我用右手的手指轻轻抚摸翔哥的眉毛和嘴唇。

　　我对翔哥说："我被你吓死了。"

　　翔哥吻过我的睫毛。

　　翔哥说："我长这么大从来没有人像你这样关心过我。"

　　翔哥说："第一次知道被关心的感知是感动。"

　　翔哥说："很感动。"

　　翔哥说："连我的亲生母亲也没有如此担心过我。"

　　"对不起。"翔哥说。

　　"我永远永远爱你。"翔哥说。

　　昨天我觉得痛不欲生，我不知道应该如何表达我现在的心情，我是说我希望我和翔哥的关系可以比现在单纯一点儿，可以比现在更加接近一点儿。我不知道如何将我的这个心情告知给翔哥。我看到粉红色的夕阳再一次映着坐在沙发上的翔哥的身上，我看到只有四〇六号房间才会出现的翔哥脸上的那个红月亮。我感到来自于粉碎的那一阵疼痛。我想将我的心情诉诸于翔哥的时候，翔哥在最不应该看手表的时候看了现在的时间。

已经是午夜，我知道翔哥要离开。

我感到了这个信息。

翔哥对我说爱你的时候总是在他要离开我的时候。

爱是翔哥设下的一个陷阱，我困在陷阱里而翔哥随时可以离去。我想象我会被活着埋在这个陷阱里。

"抱一下。"翔哥说。

我扯住翔哥的手，欲言又止。

"我明白，"翔哥说："我说过要你等着我。"

翔哥将嘴唇贴在我的耳边，说："我说的是真的。"

翔哥说："不然我们用手指拉钩。"

"你这个傻瓜。"翔哥说完这句话后走出四〇六号大门。

我站在原地不动，我听到翔哥用他的那把钥匙从外面将大门锁上。

脸上的红月亮消逝了，红月亮成为窗前的想象。午夜的车站仍然是陌生的面孔来了又走了。我寻找那一个有过红月亮的我抚摸过吻过的面孔。那张面孔也许还带着我体内的那种液体的味道。电话铃的声音，是翔哥。翔哥说他在楼下的咖啡屋里，翔哥说在咖啡屋里再坐一会儿。我在角落里找到翔哥，我在翔哥对面的椅子上坐下来。

音乐，又是莫扎特的音乐。莫扎特是我的情绪我的头发我的皮肤。今天的莫扎特是再起，是为了跌落的再起。我想到好久好久以前，在那一家螃蟹专店里我感到的崩溃。自那一刻的崩溃开始我就迷失在大海的深处。海水泛滥着的波浪的声音掩盖了我的心跳的声音掩盖了我的血液流动的声音。与莫扎特说再见的时候我发誓我永远都不会忘记那一家餐厅。再见莫扎特，魂断咖啡屋。

我开始哭起来。

泪水湿了我的面颊我的手指我的膝盖甚至滴到我的脚趾。

我对翔哥说是莫扎特搞得我乱七八糟，我要翔哥不必在乎我的泪水。

我看到翔哥不停地看他的手表。

"我们还是走吧。"我说。

天空没有星星，天空是一个圆圆的空洞。我流干了泪水，我像一个空着的蚕茧。蚕好想好想有一间自己的小房子，蚕不惜将自己变成了那只小房子。蚕发现因为它自己变成了房子竟至失去了居住的那一个蚕。

　　在车站我与翔哥说再见，我看着翔哥的身影消逝在人流里，我一个人慢慢地往回走，我发现我穿着真丝制的黑的短袖上衣和蓝底粉红色碎花的长裙。我本来以为我和翔哥可以一起走很久很远，我以为我们会像那个莫扎特，死了那么多年还是活在我的情绪里我的头发里。我以为真的爱情会是那种地老天荒。我想起我写的这一部小说。我本来不想只写一个通俗的故事，我本来以为所有的语言都可以用来表现一种哲学。以下的文字与我现在的情绪无关，以下的文字是小说用语。

　　两个人，不是相互吸引就是相互排斥，好比我和翔哥。

　　从形而上的意义上说我们是在相爱，从自然科学的角度上说我们是一对器官形成的结构。爱凭借什么来体现呢？阴阳相对，阳进入阴时因为交合而阴阳合一。艺术与文学，大卫与我的这部长篇，爱情与痛苦，是器官结构的边际再边际。人类以肉体相处时，最深刻的痛苦莫过于一个人对另外一个人的错待。

　　有一种人，他们永远都不会分开，但是时辰到了，他们终将走向他们的墓地。关于墓地，墓地是一种感情，而关于墓地的感情来自传统。

　　"想不到我和乌龙茶在一起八年竟会走到今天这个地步。"立新自嘲地对我说。立新说："我告诉你我和乌龙茶，我们是如何走到一起的。"

　　立新说："我看乌龙茶，有一个永远被定格的勇武的画面，好像一个电影镜头。"立新说："我的身边同时站着两个男人。其中的一个男人牵过我的手要领我走，叫乌龙茶的男人命令牵着我的手离去的男人站住。如果男人不站住的话也许我不会和乌龙茶在一起。乌龙茶对站住的男人说跟谁走应该让女人自己去选择。乌龙茶对我说你喜欢跟谁走就跟谁走。""女人爱英雄，"立新说："那个时候看乌龙茶好像电影里的一位英雄，乌龙茶勇武无比。"立新说："乌龙茶的勇武一下子就将我的心给强暴了，自那一刻起我的心就属于乌龙茶了。"立新说："我甚至来不及感受另外一个男人的感受，我毫不犹豫地跟着乌龙茶走了。乌龙茶将手搭在我的肩膀上。"我仿佛看到立新跟着乌龙茶走出另外一个男人的视野，走出那条小街，走出国门，立新和乌龙茶如今在日本，他们和我在一起。

"我们决定暂时分开一段时间。"立新说。

其实立新和乌龙茶之所以会成为黑户口与他们来日本的经历有关。在全国轰轰烈烈的出国大潮中，他们和许多人一样想成为城市中的一个富人，以留学的名义他们去了瑞士。然而他们真正的目的只是想赚钱，瑞士不仅不容易找到工作，瑞士也不容易赚钱。与朋友的联系中，在日本的朋友告诉他们日本遍地都是工作，日本的钞票很容易赚。

立新与乌龙茶去旅行社，他们买了去日本旅游的机票。他们乘飞机来到日本。

立新和乌龙茶还有他们的那个男朋友，他们三个人住在一个小房间里。房间的中间挂一张窗帘，窗帘好像天涯隔着他们和他们的朋友。天涯情侣。

富贵阁里的福建姐妹常常嘲讽立新和乌龙茶与第三者同居，想象立新和乌龙茶在咫尺天涯下如何做那一件事。我十分漠然。诸行无常相生相克。亲属单位由血缘、继嗣和婚姻构成三角形，这是自然，动物也不会例外。但是人类有一点不同，人类会区分自己与自然、自己与他人的界限。立新与乌龙茶构成对象，是一对恋爱中的男女。立新与乌龙茶，他们两个人与朋友是符号与符号的关系。即使他们同居一室，性不可能因此而成为公共事物，性属于神秘主义。人类早在十六世纪就已经意识到神秘主义。

立新和乌龙茶以旅游的身份来到日本却潜伏到中华街。他们成为黑户口。黑户口在日本租不到房子。立新说能够帮她的人只有我，只有我那里最适合她住。立新不知道四〇六号房间的背景，更不会想象到我的台湾情人翔哥。立新说："你一个人交八万日元的房费其实是一种浪费。"

立新说："我搬过来与你同住，我交一半的房费，我虽然没有什么好处但是你可以一举两得。"立新说："你既省钱又不会寂寞。"

立新是我的朋友，翔哥是我的男朋友，救急不救穷，我相信翔哥他会理解我。翔哥最不计较的就是钱。何况白天立新去富贵阁，晚上有情人旅馆。还有，反正翔哥与我不会相伴到黎明。

立新搬到我的四〇六号房间。

因为离中华街比较远，立新与乌龙茶一起打的那份清扫工也不得不辞掉。立新每天都心痛，立新说交房费要四万，清扫工辞掉了少四万的收入，立新说加起来是八万。立新开始颠三倒四。车站附近的汉堡包店贴出一张募集早工的牌子。

立新说她要去汉堡包店打工，立新说至少也得将清扫工的收入赚回来。立新说她的日语不好要我陪她一起去面接。店长是一个年轻的男孩子，戴一副度数很深的眼镜。

"你们是什么时候来日本的？你们现在是什么身份？你们住在哪里？至今为止你们都做过什么样的工作？"我想起电影里警察盘问犯人时的那些情景。我和立新好像店长正在盘问的犯人。店长要我和立新明天早上十点给他打电话，他说那时会给我们答复。

中华街的工作比日本店累，中华街的工钱比日本店低，即使如此还是有许多中国人喜欢在中华街打工。我明白为什么了。如果在出国前我就知道会是这个样子的话也许我就不会来日本了。

十点我准时给店长打了电话，我听到店长将那个结果告知于我。

晚上立新回到四〇六号房间，立新问我那个结果。但愿这个结果只是立新的一个梦。立新说："没有关系的真的没有关系。"

立新说："我看你的神情就知道一定是我们被拒绝了。"

那天我陪立新去面姿，我消瘦纤弱，山馆也说我根本就不适合打工常常想解雇我。立新丰满高大充满朝气和力量，我以为选择立新是天经地义。也因为立新是黑户口，我没有告诉店长我只是陪立新来面接，偏偏店长的答复是选择了我。店长说："明天，那位在大学院里读书的学生，十点钟准时来上班。"

在电话里我要求店长告知我不要立新的理由。我说另外的那个女孩也许比我更加适合这一份工作。店长打断我的话，店长说："我们的汉堡包店有一个不成文的规定，我们的店不募集来自中国的上海人和福建人。"虽然张爱玲为上海人做了那么详尽的解释，但是就因为上海人太聪明了立新反而败在北京人的我这里。被日本人记住的那个世界是残缺的，而我与立新并不遥远，我熟悉她脑子里的一切，我也知道她在想什么。

我在汉堡包店里只做了十五天就辞了工。做早工的除了我还有一位来自中国内蒙古的男孩子。世界其实很狭窄，蒙古男孩是与我同在横滨国立大学读研究生，我们甚至都在教育学部心理学科，我们是同窗。男孩子姓马，我叫他小马。小马告诉我说店长征求他的意见，他说如果只能选择一个人的话最好选择北京人。小马说他被上海人整过所以他讨厌上海人。

母亲回国后我的腰痛很快就反复了，我的体力已经透支。天上有多少颗星星我和翔哥就有多少次爱。相互拥抱，寂静的房间里只有我可以听到翔哥的声音。

我会随时随刻地睡倒在电车上。不小心穿一只高跟鞋一只平底鞋而我浑然不觉地走在马路上。有一种人至死都不会放弃他的爱。我本来就无意应征汉堡包店，我决定辞掉汉堡包店，我得维持我的体力，我和翔哥还会有那么多的相会。

乌龙茶开始不断地打电话找立新。

乌龙茶说没有立新在身边他才知道晚上睡觉时那么冷。

乌龙茶说原来被子一点儿也不可靠。

乌龙茶说那种寂寞的感觉是突然降临的，书看不下，音乐听不进，录像带帮不了忙。乌龙茶说他像呆坐在被子里的一个看守，看守着半间屋里立新留下的痕迹。

立新约我去我和翔哥去过的那家咖啡屋。

立新想说对不起，立新想说谢谢。

立新和乌龙茶是没有长大的孩子。他们吵架，但是两个人不在一起的时候他们又觉得寂寞与伤心，他们相互思念，他们其实从来也没有分开过。与立新在一起，莫扎特是来自于女人的泪水的某一种安慰。

莫扎特是一幅画，梅开二度，缓缓的。

乌龙茶和立新的面影在梅中显现，昨天的梅今天的梅，虽然它们不是同一支鲜花但是它们有相同的颜色和馨香，它们是我听熟了的一个故事。

乌龙茶到我这里接立新回家的时候我打算不送他们去车站，去车站有一点儿装腔作势。我在立新迈步出大门口的时候叫住立新，我走过去姐妹般拥抱了她。知晓爱而为此付出代价，立新和乌龙茶会珍惜以后的爱。乌龙茶的女人。

24

零儿从天而降。

零儿来日本办事，零儿说想跟我见个面。

离婚后我还是第一次听见零儿的声音。虽然是在电话里，我还是有点儿激动。我还是一张白纸的时候与零儿相遇。零儿在白纸上画了第一划，零儿是星期天早上升起来的明亮的太阳。

我在涉谷站前的那条狗的铜像前等零儿。我看见零儿向我走来。天啊，零儿好高大，零儿走过的地方被一种灿然充满了。零儿还是原来的样子，一点儿也没有变。零儿还是天然的卷曲的头发，还戴着他的深度眼镜。我和零儿看上去都很平静。

"你好。"我说。

零儿说："你好。"

零儿好像初恋时一样挽起我的胳膊，牵住我的手，牵着手的我在涉谷的大街上漫步。我和零儿，什么话都不说。眼前的情景是我们离婚时想象不到的。我们早已经离婚，而我们在异国的街市上牵着手，我们看上去是一对恋人。我和零儿去酒吧。我们喝完了一家又一家。喝酒我们不谈过去。我们乱叫我们想吃的东西。涉谷的马路又宽又长又喧嚣，我和零儿的头上是充满了欲望的城市的天空。我们离过婚，但是我们比结婚在一起的时候更加恋爱着对方。

零儿还是说到了过去。

零儿说如果不是你每天都幻想着新的恋爱；

如果不是你因为在哪里学到了新的做爱方式而不再满足于我；

如果不是……

零儿说了好多好多的如果，好像在为我们的离婚找它的理由而证明我们其实是相爱的。零儿叫了一辆出租车，我和零儿乘出租车去零儿住的旅馆。

日本旅馆的单人房间统统小得像一个篮子。零儿要我坐在床上，零儿坐在沙发上，零儿要我躺下。零儿说："我们本来就是老夫老妻的。"

零儿说："用不着不好意思。"

零儿亲自按倒我。

我的腰很痛。我与零儿走了那么多的路喝过那么多的酒；我的身体不行。零儿十分十分失望，都快要哭出来。

零儿说："分开了那么长时间，好不容易在日本相会，想不到你的身体一点儿反应也没有。"零儿说："今天我终于证实了你已经真的不再爱我。"

零儿说："离婚后我一直在想有没有可能跟你复婚。"

零儿说："我这次来日本就是想看一看我们是不是有机会。"

零儿说："完了。"

零儿说；"没有机会了。"

零儿说："你的那个地方干燥得令我无法进入。"

零儿说："无法进入就证明我们的复婚没有戏了。"

零儿开始哭哭啼啼。

零儿说："跟你离婚后我打过一个女人的耳光。"

零儿说："你跟我亲嘴儿的时候一直都是睁着眼睛的。"

零儿说："我发现你睁着眼睛是因为你不爱我。"

零儿说："我打那个女人的耳光是因为那个女人同你一样睁着眼睛跟我亲嘴儿。"零儿说："我知道女人爱我的时候是什么样子。"

零儿说："好像现在爱着我的另外一个女孩，每一次拥抱的时候都会浑身发抖。"零儿说："我最后的努力白费了。"

我也搞不懂我自己的身体。我发誓虽然我和零儿离了婚，但是零儿是我的初恋，我对零儿的关系没有私心杂念，我们做爱时不必担心没有避孕套会怀孕，我们相互抚摸对方，曾经有多少个夜晚我在梦中遇见零儿。每次我都是梦见零儿离开我我才哭泣，我因为哭泣而醒来。我也和零儿一样曾经想象我们的关系就像我经常做的那个梦，想象我们或许可以破镜重圆。然而我的身体成为零儿真正的悲伤。零儿是我梦中的痛不欲生的永远的回忆。

零儿走了。

四〇六号房间像空旷的冷冻库，床头的月光冰一样覆盖着我睡着的大床。我目光所追随的窗的玻璃也是冰。我冷得不得了。我在发烧，零儿走后我终于病倒了。

我不知道自己稀里糊涂地睡了多久。

我听到期盼已久的电话铃声。

翔哥说他已经到了新丸子马上就可以见面。

继立新搬来又搬去，我和翔哥还是第一次晚上在四〇六号房间约会。

知道我发烧，翔哥买来两个站弁。

翔哥说："吃不下也得吃，不然病就不会好了。"

生病的时候容易哭，我的泪水莫名其妙地流下来。

翔哥看着我哭，并不阻止我哭下去。直到我因为尴尬而停止了哭泣，翔哥问我："你没有去医院看医生吗？"翔哥去楼下的药房为我买来退烧药和感冒药。

翔哥还没有离去我已经昏昏地睡去。再一次醒来的时候已经是第二天的早上。

我的枕边放着翔哥买来的药和一张翔哥留下来的纸条。

翔哥在纸条上说我生病他想好好照顾我，但是因为是周末所以没有办法来。翔哥要我按时吃药、吃饭，多多保重。

我说过我一直将翔哥视为我在寻找的那个原型的男人，我愿意将我所有的乱七八糟交给他。生病的时候我十分渴望翔哥可以来陪伴我，我想告知翔哥我多么想念他需要他，我想翔哥能够像我的头发我的贴身的衣服我的影子，永远不会离开我。我与你相抱，让我一个人聆听你的声音。我迷恋我和翔哥一起喝过的那些咖啡的味道。

我昏睡我醒来。我吃过药，从床上爬起来。我抚着墙壁慢慢去楼下的面店吃一点儿东西；翔哥来过两次电话。

特别的夜晚，特别的时刻，翔哥却不在我的身边。我有时也想将这个在关键时一点儿也不中用的男人就此踢开，然而这个男人除了给我最大的悲伤也给我最大的快乐；我不能没有翔哥；我是觉得累了；我觉得我快要死去了。

　　想不到制果厂的刘利来看我。

　　卫东去富贵阁送货的时候听说我生病了。

　　刘利说："想象生了病的你是一个单身女孩，不知道为什么觉得挺凄惨的。"刘利说："我也不知道应该做什么才可以安慰你。"

　　刘利指着他买来的一大堆水果，说："你多吃水果，水果有维生素。"刘利说："一个人在海外生病好可怜。"

　　我非常感动。我哭起来，我知道我的泪水是我的感动。

　　"我离开工场后你好么？"我问。

　　刘利说本来他也想拜托我介绍他来富贵阁，但是因为是黑户口不方便太折腾，也因为我走后陈师傅怕刘利真的会用刀劈了他，所以对刘利客气得很。刘利说："陈师傅是被你甩了才整我们的，你走了他也就没戏了。"

　　我们始终忘不了我们在制果厂的那些日子。我们聊起那一块玉，我们聊起那一间无人居住的小房间，我们聊了很多已经过去了的事情。过去了的那些事情如今似温情温田安慰着我，我觉得我的病好了很多。刘利说："太晚了，我们说再见罢。"

刘利执意不肯我去车站送他，刘利说他不喜欢我让他另添一个担心。

刘利说："你好好躺着休息。"

刘利想起什么，从他的背包里翻出一张ＣＤ盘。

刘利说："这是我妹妹拜托我买的。"

刘利说："我再买一盘。"

刘利说："这一张留给你，一个人无聊的时候你就听一听。"

刘利走了。

刘利不知道我站在窗玻璃前送他到车站，我对最后消逝在人影中的刘利说再见。没想到这一次见面是我与刘利的最后一次相会。

刘利一个月后去日本的入管局自首，回国了。

我无从得知刘利在国内的地址和电话。我们在日本萍水相逢，我们相互安慰，我们说再见，我们永无再见的机会。

直到我写这部长篇，直到此刻，我仍然会心怀感激地想念起刘利。我仍然珍惜着那一块玉，我仍然珍惜着那一个纯洁的安慰的夜晚。我想刘利可以看到我的这个长篇知道我的谢意和思念。我愿意刘利像我刻意编织的小说的一个情节，突然有一个漂洋过海的电话。如果不是我相信缘分，我愿意在报纸或者电视上登一则寻人广告。

刘利留下的CD盘是刚刚与恋人长濑分手的滨崎步的"Best"。

滨崎步的歌声凄怨哀婉。

总是在嘴边，总是在梦里，总是我们两个人常常谈起我们想要的幸福，已经是第几次了？

到底在期望什么？

到底在沮丧什么？

究竟要去哪里？

……

回答不了因为我们没有约束……

伤心的时候有谁在身边？

在谁的肩头上哭泣？

谁来抚摸我的头发？

……

告诉我我为什么要哭泣？

……

此刻正是午夜。

刘利本来不知道翔哥与我的故事。

长这么大我第一次骂了那个脏字。

我说"操。"

村上春树说他在六年里埋葬了三只猫，烧掉了若干希望，把若干痛苦卷进厚毛衣里埋进土中。村上春树说一切都在无从掌握的大都市进行。

一位西藏喇嘛说出家不是为了这个世界，出家是为了接受他们离去。

一位哲学家说爱不在结局。

我说我明白但是我就是舍不得。

"操。"我说。

25

立新告诉我她和乌龙茶终于决定回上海了。

我本来想说挽留的话，但是立新说她和乌龙茶已经去入国管理局自首过，必须在规定的时间内离开日本，立新说已经没有选择了。立新说为了他们准备在上海举办的那个婚礼，为了她和乌龙茶的新居，他们如今正在市场看婚纱和家具。立新说明天不得不休息，明天要去大使馆办一件很重要的事。事实上立新和乌龙茶由瑞士辗转到日本，在日本他们又黑下许多年，他们的护照的有效期限早已经过期。立新说："我去大使馆用钱买一个护照延期的公章。"

因为是大使馆所以我觉得立新有一点儿想入非非。

我说："那里是大使馆，象征着国家，你不可以乱来。"

立新反问我："大使馆里工作的人是不是中国人？是中国人就行。你信不信，只要三万日元，随便你找什么人。"立新说："别说是护照上的一个延期公章，用钱有什么是买不到的？学历、婚姻，你想证明的东西都可以花钱买到。"我不相信，但是第二天立新给我看她的护照。护照上清清楚楚地盖着大红章证明护照的期限由五年延伸到十年。我现在想起来可能立新是不想给大使馆的人添麻烦才说随便找什么人。

那时我觉得立新所说的事是对大使馆的亵渎，我不相信大使馆里有钱迷心窍的人。大使馆于我是一方神圣。我说："如果不是亲眼看到红色的公章我一定不会相信。"

立新说："大使馆的工作人员看起来风光，实际上他们不过是公派，就那么点儿工资。现官不如现管，趁着现管还不借机捞一把啊。"立新说得信誓旦旦。

然而我就是希望立新护照上的那个公章是一个假章。

立新说我的世界观过于单一。立新说读书固然是重要的，熟知立身的社会的真实更加重要。立新说："想不到一个快三十岁的女人竟然是一张白纸。"

多亏了立新给我上的这一堂课。

多少年后，为了结婚我必须办理一份在国内与零儿离过婚的公证书。我拜托北京的一个朋友帮我办这件事。朋友去银行，朋友由银行去邮局。在去邮局的路上一辆疾驰而去的摩托车抢走了朋友放在自行车筐里的手提包。手提包里有朋友刚刚为我办好的离婚公正。走投无路的时候我想起立新的那一个护照。一直以来我都在给在日的华文小报写散文和连载小说，报社里有很多给予我支持的朋友。大使馆有活动的时候报社会去做采访，所以报社的人有机会认识大使馆的工作人员。我的报社朋友给了我一个名字，朋友说你给钱的时候要把钱装在信封里。我去了大使馆，我用钱买到了我想要的离婚公证书。我开始相信神圣的大使馆原来也是一个实验场。至今我仍然不知道那个收了钱给了我公证书的人的名字，我甚至刻意没有记住他的样子。我结了婚，我成了人家的新娘和妻子。每当我总结自己人生中幸运的事件时，我总会不自觉地想起他并心存感激。

立新回国一年后，我再次接到了立新的电话。我以为立新是从上海打电话给我，立新说她又来日本了，又黑在日本了。立新是通过华文报纸找到我的。立新在电话里说她不敢去富贵阁打工，因为富贵阁的人都知道她是黑户口。立新说她在一家麻将店里做招待。

"乌龙茶呢？"我问。

"我安定了以后再接他过来，他还在上海。"

不是说好了回去结婚吗？不是说永远都不与乌龙茶分开的吗？

我简直不敢相信自己的耳朵。

这一次立新是由澳大利亚辗转到日本。立新以旅游的名义去澳大利亚。由澳大利亚去上海的飞机在日本转机。立新借转机的机会从成田机场溜出来。立新说这次来是要将她的损失补回来。立新告诉我是她与乌龙茶自首后的第五天，突然间她的肚子疼痛不止，本来以为去医院看一看，吃一点儿药也就好了，没想到得的是急性阑尾炎。医生当机立断要她住院并即刻为她做了盲肠手术。因为立新是黑户口，新没有医疗保险，住了一个星期的院和一个小小的盲肠手术竟花掉了立新的一百多万日元。立新说："吃多少穿多少都是定下来的，不是你的你就是拿不走。"

立新第一次告诉我说她在富贵阁期间所有吃的、喝的，都是从富贵阁偷的。立新说："甚至连冰箱里的酒和厕所的手纸都是在富贵阁里偷的。"

立新说："不是你的东西的话临走前都会拽住你要你留下来。"

我想起老天有眼那一句话。

立新说："除了被花掉的那一百多万日元不甘心，也因为在日本拿惯了大把的钞票回国后不再习惯国内的那几张钞票。"立新给我打电话的时候应该是在麻将店。我听得到电话中吵嚷喧嚣的背景。立新给了我一个手机号码。几天后我给这个号码打电话，电话公司说这个号码已经停止了使用。

　　来无影去无踪的，立新像突然刮过的一阵旋风再一次从我的生活中消逝了。这一次是真的。我常常想象立新是否被日本的警察抓走了。

　　从此立新也杳无音信。

　　部长打电话说四楼有一个很重要的宴会要我帮忙。部长说要我帮忙是因为我在四楼做过对四楼比较熟。是一个四十人左右的大宴会。四楼的榻榻米单间所有的拉门都被抽调，榻榻米单间变成一个大单元。客人的年龄比较大，菜单也是套餐中最贵的。我只是来帮忙所以不知道他们都是一些什么样的人。我看到支配人、增山、池田还有远腾和藏下非常非常紧张。

　　学生时代，我曾十分迷恋诗人苏曼殊的诗。流传至今的"春雨楼头尺八箫"一类的名句，其纤细的神经质的感觉，在我心中绘画般地留下了神秘、孤独、苦恼、忧郁，甚至病体与腐败的印象，人在留恋、爱恋中活下来。

　　却不知在诗的理解之外，无意得知了一个知识上的错误。原以为"尺八箫"就是八只长的箫的意思。不期然，在这一次的宴会上，在饭后，同来的几位日本老者从随身携来的包里取出一个木制的东西吹奏起来。只知道是一种乐器，但因为是初见，又因为当时已近黄昏，如今回忆起来，已经难以详述乐器的特征了。

是一首威严、肃穆的哀沉的曲子，仿佛从古老和遥远中逼来，身处的世界开始向冰冷的冬天靠近。

然而，正所谓不懂音乐也不可能理解音乐一样，继不得要领的疑惑之后，渐渐，一种巨大的悲怆渗透了我的灵魂、我的心。再看那几位正吹奏着的老者，或许因为夕阳映照的原因，涨红的脸上溢出几分抒情的意味。

不禁感到自己的心开始被什么东西撕扯起来，有了一种心痛的感觉。一位诗人朋友对我说过：心痛的时候就是灵魂在痉挛。几位老者通过乐器吹奏出来的曲子，以一种魔幻般的哀伤令在场的每一个人无不惊叹。初见的乐器在我心中俨然成为不可思议的某种圣物。虽然全场一片静寂，但每一个人的心分明混沌着一种无与伦比的起伏。

一曲终了，我讨教年已七十的远藤，要知道这乐器的名字。远藤告诉我，这个乐器的名字叫"尺八"。是一种箫的名字。

方才知道苏曼殊诗句中的"尺八箫"，并非八尺长的箫的意思。至此，方才有了一种更具体真实的"春雨楼头尺八箫"的意境。

只是，这一次内心所呈现的意境与往日单纯文字上理解的意境完全不同。特殊意义的曲子由特定的乐器奏出，且以灵性的心去感受，我想可以用心心相印四个字来形容。

　　……的确是一种惊骇的事实。由尺八奏出的乐曲，与苍茫的暮色相融，阴沉地笼罩着我内心的悲哀和寂寞。笼罩其实是无力抵抗的压迫与诱惑，是剥夺了一切之后的另一次更沉重的堆积。物极而反。压迫至此，反而逼出一丝兴奋，仿佛内心被乐曲撕扯开的碎块正随乐曲流逝而去，无处不在，超出极限超出时空。

　　我发现，无处不在之处，有一种迷蒙的虚幻，而这虚幻与我的心灵有着许多十分接近的地方，甚至我的心就与这虚幻的巨大齿轮紧紧地咬合着。相类似的感受很多，具体地举几个例子。譬如我和翔哥去香根的时候，我们在缆车上却好像在隔绝人世的一个世外桃源。还有，我每一次归国赴日的时候，一踏上飞机，就好像永远离开故土再也无法返还似的。再如我每次去大连看望母亲，离去时从不敢回头留恋地张望，好像一回头，看到白发苍苍的母亲满眼噙着的泪水，便担心失了勇气去面对不可预知的风雨飘摇的未来似的。由尺八所吹奏的乐曲，其流溢出来的不可把握的综合性的感受，正是将一种生命犹疑的灰暗施予人类的心灵。难怪苏曼殊在春雨楼头之上不要小提琴，不要钢琴而只要尺八箫了。

然而，否定意味着对生命肯定的相对的另一个极端，不能因否定而影响了对人生的思考。即使在否定的时候，生命一样存在。有一首诗：葡萄美酒夜光杯，欲饮琵琶马上催，醉卧沙场君莫笑，古来征战几人还。战士在踏上战场的时候，再也不想生还的事情了。那一刻萌发出的洒脱，正是神秘、孤独、忧郁、死亡与流连的综合体。

　　吹尺八的几位老者，我想告诉他们，我虽然不懂音乐，但深深感动了我的尺八，却使我一次性地体会了心灵深处不安而动荡的由忧郁和流连所交织着的神秘，其带着颓废或是死的诱惑的旋律，给我内心深处隐匿着的灰暗施予一种亲近的慰藉。

　　对了，就在我初见尺八并被其牵系而思绪迷乱的时候，诗人顾城却在新西兰的一个荒岛上与妻子同归于尽了。看到日本电视台报道的这个消息后，我去买了一朵小白花插在窗前的花瓶里。顾城的诗，也曾经梦幻由般地诱惑过我。然而，就是这个告诉我"黑夜给了我们黑色的眼睛，我们用黑色的眼睛寻找光明"的诗人，却将自己投身于黑暗中了，且一无诗意地死。一大堆活人的众说纷纭我一个都不信，我自己也不愿意去想、去判断。我不曾去过新西兰，但我的想象中，在新西兰，在顾城所留恋的地方，有一个古老的钟挂在一根黑油油的柱子上，顾城曾坐在下面，将自己沉浸在幻影里。

这样一种幻影还会一直跟着其他的人，比如我。听到顾城自杀的消息，我想到尺八。尺八施予我的综合感受令我想到苏曼殊的诗。于我来说，"春雨楼头尺八箫"是一种曾沉浸过的幻影。

还有，两年后我曾经跟几个朋友去新宿的一个剧场看中国人伍芳的古筝演奏。伍芳有一个姐姐叫伍鸣，在震惊世界的阪神大地震中不幸殉难。因为伍鸣是在日华人中一个优秀的人才，所以在日的华文报纸用很大的篇幅报道了她以表示对殉难的在日华人的哀悼与惋惜。

伍鸣像一个被遗忘的神话的时候，舞台上光彩照人的伍芳却令人们再一次想念起她。

以及东仪秀树。东仪在日本有很多的崇拜者和迷恋者。在伍芳的音乐会上，东仪白衣黑裤，用最早发源于中国新疆的笔笛为伍芳伴奏。东仪来到舞台，笛声一出，四周一下子静寂下来。尺八所暗示我的那种空灵和遥远再一次穿越时空来到我的心中。所有过去了的所有死去的所有的一切，都被再一次地唤醒了。

古筝与笔笛，两者相随成绝音绝韵。音乐里没有生或者死一类的名词，音乐有的是对所有一切的表现和形容。

　　自从我那一次生病，我开始感到我和翔哥走了一段路如今正好在十字路口。我看到黄色信号已经出现在我的心底。我以为只有上帝才明白我是多么爱翔哥的，我以为我的爱是那种可以超越一切的，但是我发现我无法超越的原来正是我自己的内心。我是翔哥的情人而已，偏偏我用爱来掩饰这个现实并期待翔哥可以百分之百地来回报我。我的自尊心不想要我搞明白之于翔哥来说我到底是怎样的一个存在。孤独的我将翔哥将我的非现实的爱给理想化了。孤独的爱情病令我在私人生活的圈子里走过了头。我累了，我的心需要稍微休息一下。我看到我心里的某一种东西正在路上停下来。

　　好像我的文字，我意识到我已经好久没有在我的文字里提到翔哥。

27

我哥哥不久也要到日本来。

我哥哥将同我在同一所大学同一个教授的指导下研究心理学。

我哥哥是我的后辈同窗。

为了我哥哥也是一个男人，为了我哥哥的自尊心，我决定搬出四〇六号房间。

阿珠向我介绍了富贵阁的宿舍。

我必须在我哥哥来日本前将家搬好。

从胜见家里搬出来的时候只有一只皮箱，翔哥为我叫了一辆出租车就将家搬好了。这一次不同。这一次有属于我和翔哥的大床，有多少次令我想起脸上的红月亮的翔哥喜欢坐的沙发。有冰箱。

习惯了翔哥为我安排一切，这一次搬家我也是什么准备都没有做。

直到搬家的前一天傍晚。

我给翔哥打电话但是电话打不通。我打了很多次，电话公司的录音一直重复地告知我电话在电波达不到的地方。在两个相爱的人之间有永不消失的电波这句话是不真实的。快乐与感动是可以共同分享的，痛苦要我一个人来承受，我十分清楚翔哥是在故意躲着我。

坐在翔哥喜欢坐的沙发上我想了很多很多。我看到窗外开始有雪花飘落下来。我不明白这一次搬家为什么翔哥不肯帮我的忙。我写小说的时候善于假设，但是这一次我的心中一片茫然，只有一只帆船向远处漂去，船帆的舞动好似对着月亮做再见的手势。结了婚又离了婚的男人，爱过了的男人，正在爱的男人，他们捷足先登，他们分别在我心中设置的小房间里。我发现我的心中还有空房，房间的数量远远超过现实中我喜欢的男人。我依然孤独。

穿过傍晚的路灯我去那一家咖啡屋。我在那里想象我和翔哥终究在一起还可以走多久。我在这里第一次感觉自己好像一个失去了自我的蚕茧。咖啡苦涩的味道随莫扎特的旋律舞动。音符听起来有点儿颠三倒四。对莫扎特的回忆似梦境，我看到自己跟在翔哥的后面，翔哥手里提着我的皮箱。我和翔哥从胜见的家里走出来。我看到同样的情景重复在中华街我即将搬过去的新居。过去的与想象的混乱起来。但是我看到咖啡屋还是那个样子，什么都没有改变。我依旧搞不懂莫扎特。今天的莫扎特是患得又患失。莫扎特睡去的时候我想起回家。

也许我永远都不会再来这里，但是这里有我记住的只属于我自己的故事。再见，咖啡屋。

再见，莫扎特。

我给阿珠打电话。

阿珠夫妇一个小时后来到我的四〇六号房间。

阿珠对我说他们夫妇不是来帮我搬东西的，他们是来帮我丢东西的。

阿珠要我将重要的东西选出来，阿珠将它们装到纸箱里。

阿珠说趁着天黑没有人发现赶快将那张大床、沙发和冰箱丢到垃圾场。

雪花将垃圾场覆盖成一片洁白的世界。

大床、沙发和冰箱好像刻意安置的一个布景。

最后我们去二十四小时营业店买来粗大垃圾券。

我将垃圾券一张张贴到大床、沙发和冰箱上。

这是一个很古怪的时刻。本来我是想带上它们，和它们一起去我的新家。但是充满了爱抚、呻吟、甜蜜幻想的大床、沙发和冰箱，此刻为什么会成为我不得不丢掉的垃圾？所有我记住的与他们有关的故事却不能与它们同归于尽。它们的故事是百年孤独。我看到雪花落在它们的上面，我看到雪花在它们上面融化。我知道它们还带着我房间里的和我身体的温度。它们已经是我生命的一个部分，丢掉它们无意是丢掉我生命的一个部分。我真切地感知到割舍的那一种疼痛，我看到我体内的那一个割舍后的空洞，空洞如夜的天空。天空中显现着翔哥那张依然令我迷恋的面孔。

天空中有多少瓣雪花我的心就有多少片破碎。

我站在雪地的那个布景里开始哭泣。我哭得很伤心。我忽然觉得我有那么多那么多伤心和哭泣的理由。阿珠说："不知道秋子你哭给谁看。"

阿珠说："你以为你哭泣了，这张大床、沙发和冰箱，它们就会长出它们的腿跟着你走吗？"我一句话也说不出来。我觉得我是将一种致命的东西丢失在垃圾场了。

阿珠买了三个站弁。

我一口也没有吃。

我们在榻榻米上和衣躺下。

被褥已经装箱，我们将空调开到最大。我看到阿珠夫妇合上眼睛。

不要相信你感觉到的，相信你亲眼看到的。我想起我的中学老师教给我的这一句话。新诞生的神话也是神话。

半夜里我们被一阵电话铃声吵醒。

我以为是翔哥。

拿起话筒我知道这是一个漂洋过海的电话。我听到电话另一端的大头的欢声。

大头说："新年好。"

"今天是新年吗？"我问大头。

大头说："你怎么可以忘记今天是中国的春节呢？朋友们都想着你呢。"

大头说："我正在家里看春节联欢会。"

大头问我："你听不到电话这边的鞭炮声吗？"

我当然听见了。

我感到有一支烟花很美丽地落在我正心痛着的地方。

我感到心痛的地方温热起来，所有其他的感觉都已经逃逸。

我对大头说："我听到了。"

泪水再一次流下来。这一次的泪水是为了我的受了挫折的想入非非。

做梦也没有想到，在四〇六号房间，我接到的最后一个电话来自大头。

我的身体飞起来，我们分离了很久。

我知道即使我失去了全世界，至少我还会拥有大头。

因为阿珠夫妇还要去富贵阁打工，我们一大早就起来去堵出租车。和上一次搬家一样，同样是一辆出租车就将家搬完了。

一切又重新来过。

这里没有大床，没有翔哥的气息。这里没有沙发，没有脸上的红月亮可以想象，没有冰箱，甚至也没有空调。我的一套被褥孤零零地铺在墙脚。除了地板，连墙壁和天井都是木制的，我想起桑拿浴室。

新的生活将从这里开始而我变得一无所有。

傍晚阿珠搬过来一只暖炉。不久阿珠的丈夫来叫我们一起去

电气商店。在电气商店的大门口我们从众多将被再利用的垃圾电
气品中拣回中古的冰箱、洗衣机和微波炉。房间看起来有点像样
起来。阿珠夫妇回去之前我甚至忘记了悲伤感到一丝的幸福和安
慰。

　　晚安，我的新房。

　　晚安，中华街。

　　晚安，阿珠夫妇，我的台湾同胞。

28

从富贵阁里一出来我就看到远远的树影下站着高大的翔哥。不知道我的新居，翔哥买富贵阁的门前等我。我的目光与翔哥的目光相遇。一朵白云飘在翔哥头顶的天空上，翔哥就站在白云的阴影里令我看上去觉得不真实。我和翔哥不说话。我看到翔哥默默地跟在我身后。我走到公寓的电梯前。我走进电梯，翔哥无声地跟进电梯。我走到家门口，我打开门锁，打开房门，我无声地让翔哥先进屋。我关上大门。

翔哥一声不吭地站在房间的中央，我站在翔哥的对面。我的手心里都是汗水，我不知道如此尴尬的时候应该说什么。我想责备翔哥但是我知道我没有责备翔哥的权利，连续发生的几件事令我清醒地意识到我只不过是翔哥的一个情人。我们之间可以召之即来也可以不来。我们之间没有义务，我们之间没有非如此不可的这种承诺。我们的关系本来就是不安定的危险的。

翔哥无语地打开手提的纸箱，取出可以发传真的电话机。

翔哥说："这是给你的新居的礼物。"

翔哥又从衣袋里取出一张纸。

翔哥说："这是名义转换契约书，"翔哥说："只要带上身份证去电话公司将使用人的名字改成你的名字，你就拥有这个电话号码的使用权了。"翔哥说："在日本申请一个电话号码要好几万日元。"

我本来有好多不满想诉说的，但是我一句话都说不出来。我已经好久好久没有跟翔哥在一起了。我的问题不在翔哥那里，我的问题是我自己，我爱上的是一个不应该爱上的人。翔哥开始说对不起，翔哥说对不起的时候十分平静。

我还是没有说话，我觉得伤心，觉得心情沉重，我甚至觉得自己又可怜又无聊。和翔哥在一起，我第一次感受到自尊心受到伤害。归根结底我是一个俗气的女孩，我认为一个男人爱我便是处处都让着我以我为主。我以为我爱翔哥超过世上的一切，其实我爱的是我自己。长期以来我被零儿和大头宠坏了，我终于得到教训了。

好像什么都没有发生过，翔哥用手挽过我的肩膀，我们双双坐到被褥上，翔哥又说："对不起。"

我准备接受翔哥的歉意并相信翔哥的歉意是真诚的。我接受翔哥的歉意的时候便知道自己已经不再相信那一份爱，我做回翔哥的情人。翔哥只是我在日本认识的台湾情人，教训令我变得现实。"算了，"我说："我没有想过要你来道歉。"

我本来还想说你至少不该不接我的电话或者给我打一个电话。我控制住自己没有将这句话说出来。有一些事不说也明白。如果翔哥当真在电话里告诉我他不可能帮助我的话，我们的关系也许会更加尴尬。我说："我不是在乎翔哥你不帮我。"

说完这句话我觉得有一点儿不耐烦。我的平静有点儿矫揉造作。我甚至有一点儿讨厌我自己，因为我开始觉得自卑而又无聊。

为什么翔哥一如既往的温柔的目光又令我想起从前？

翔哥坐在我的身边。我的鼻尖，我的发鬓有翔哥的气味在飘荡。

翔哥的气味是我挥之不去的留恋。我说过我的心里有一种东西已经停在路上，我说过我看见横在我和翔哥面前的黄色信号，我看到黄色的信号在闪烁。世界的末日暂且没有来临。我十分希望上帝可以当真出现在我的面前，我希望我是上帝放牧的一只羊。我希望上帝对我说：回来吧，我的迷途的羔羊。

窗外是同一个月亮。

我喜欢月光下情侣间的那种味道。我喜欢在夜色中穿衣服的那种男人。

房间里大多数的用品是阿珠帮我在电气店拾来的，但是他们却在角落里将我空旷的房间充满，他们是没有结束的爱情的纠葛。

我对翔哥说："今天我有点儿累。"

翔哥说："你看上去真的有点儿失魂落魄。"

翔哥将我抱在他的怀里。翔哥用极小的声音说："对不起。"

翔哥接着说起富贵阁柜台的赵小姐。

翔哥说："那个赵小姐，在富贵阁站柜台的那个小姐，你知道她是谁吗？"我不明白翔哥在这个时候怎么会想起并且知道那个赵小姐。

翔哥说："她是我家里的那个人的朋友。"

翔哥说："她就住在这附近。"

翔哥说："你将家搬到中华街，我不可能太明目张胆。"

算了，我不想翔哥继续说下去。我已经知道翔哥怕赵小姐看到我们是因为赵小姐会将我们在一起的事传给他太太。翔哥在他的太太和我的天平上的选择伤害了我。翔哥和我是男女关系，是不伦，是乱七八糟。不知从什么时候开始，我习惯将我和翔哥的关系不再与爱扯到一起。我的心里因此而轻松不少。"我们还是忘记这一次搬家的事,不要再提起它。"我说。

其实,我的心里乱糟糟的,就好像我在这里的文字,翻来覆去的连我自己也不明白是在说明什么。我就是心情不好,就是希望翔哥可以快一点儿离开我。我想一个人静下来好好地想一想。翔哥好像一个无辜的情人一如既往地坐在我的身边,翔哥哀求般地看着我,翔哥说:"我们换个地方说话,我们去外面的酒吧或者咖啡屋。"翔哥一直都相信我对他的爱是绝对的,翔哥也相信我的绝对的爱不会改变。翔哥走过来吻我,翔哥的吻好像在吻我们刚刚相识的时候的那份恋情。然而我默默地看了翔哥一会儿,我对着翔哥的眼睛说:"我真的很累。"翔哥的表情无法确定,翔哥沉默了一会儿,站起身来。

翔哥说:"好吧,今天我在这里回去。"

翔哥往外走,我觉得快哭出来。

翔哥在大门口站住,回头看我,说:"我明天一大早就过来。"翔哥想起了什么又走回我身边,问我:"可不可以将新家的钥匙给我一把。"翔哥说:"如果你愿意的话我想有一把这里的钥匙。"我无语地将钥匙交给翔哥。

翔哥走后,我的心里突然泛出一丝歉意。爱本来是不期待什么回报的,偏偏我将男女关系期待得过于完美。好像将耳环戴在蛇的耳朵上。给蛇戴耳环，那个一生一世的爱情只不过是我的理想。该做的我都做了，我不知道还有什么是我没有做到的。爱情是两个人创造的，而我和翔哥之间有翔哥的家庭和法律上属于翔哥的女人。有天伦。我无语交给翔哥的我房间的钥匙是与那条戴上耳环的蛇的沟通。

新居像一个舞台。我却找不到一句合适的台词。月亮撒在我的房间里，月亮总是给人温馨的回忆，所以孤独的我还是幸运，我能够回到很多个以往的从前，从前是我的安慰。

　　阿珠虽然帮我搬了家，但是阿珠曾经竭力反对过我搬到这里来。阿珠说她知道这间房子的风水不太好。阿珠举了几个例子。阿珠说这座公寓是一栋旧楼，好像从来没有被阳光照射过。阿珠说她知道有几个人住进去，但是没有一个人不是因为生病而住院挨刀的。我不相信阿珠所说的话。天知地知你知我知，我母亲说小鬼会绕着善人走。有一句话叫天地良心。

　　赵小姐找我说有话要说。搬来新居我和翔哥从来没有双双出入，应该不会与翔哥有关。赵小姐说她对我说这件事是她的好意，赵小姐说她只是提醒我小心。赵小姐告诉我她从桥本那里知道我搬到中华街，还知道有男人在深夜出入我的房门。

　　是门上的那个猫眼。

　　搬过家后我才知道我的邻居是桥本。

　　听过赵小姐的话，我的眼前总是晃动着桥本趴在猫眼上窥视我的房门的样子，我觉得毛骨悚然。很早以前我和乌龙茶、立新闲聊的时候，乌龙茶说过这样的一件事。有一次乌龙茶去车站的公厕解大手，蹲着的时候感觉头顶有乌云般的阴影在晃动。乌龙茶本能地往上看，他看到一个男人的头从隔壁的厕间伸过来。乌龙茶说他遇见过几次变态的男人。乌龙茶说这种变态的男人有窥视癖。我将桥本与窥视癖想象到一起。

朦胧中我总是幻想有一双眼睛一个影子跟随着我。

阿珠说这间房子闹鬼，桥本比闹鬼还要糟糕。

我将被褥的位置换到离桥本越远越好的地方。洗澡前我会再三检查房门是否上好锁。外出路过桥本家的大门的时候，我不敢看桥本家的大门。门上的猫眼是桥本的一双浑浊的双眼。

午间休息的时候我跑去五楼找阿珠，与桥本撞了个正着。

桥本叫住我。

桥本说："秋子，昨天晚上，已经快半夜了，我看到一个穿着黑色皮衣的男人从你的房间里出来。天啊，那是翔哥。翔哥昨天穿着黑色的皮衣。

桥本说："我听到你的房间传出的翻腾的声音和你的呻吟声。"

桥本恶心地模仿着女人呻吟的声音。

桥本对阿珠说："秋子没有结婚但是秋子和男人做那种事。"

阿珠看着我笑。我感觉自己像一条母狗。桥本脸上下流的淫笑我没有办法用语言来形容。翔哥到我的新居，我们做那件事，翔哥离去，算一算期间有好几个小时。桥本是我门前设置的一台录像机。我一句话也说不出来。我看着阿珠苦笑。

阿珠说："我说过那间房子会闹鬼，我说中了吧。"

桥本走后，阿珠连连说："太可怕了，太可怕了。"

阿珠说："秋子，想象桥本每时每刻地监视着你，真的好可怕。"

阿珠说："只是想一想，就已经浑身起鸡皮疙瘩了。"

天知道这个世界上到底什么是道德或者不道德。桥本不在乎在他人的面前说出他的窥视实在有点儿令人困惑。我有那种触电般的刺激。桥本或许真的就是一个白痴。三十多岁，很多男人在这个年龄已经是几个孩子的父亲了。三十多岁的男人如果还没有同女人做过爱的话，这个男人就浑身都是毒素了。

没想到事情会这么严重。

桥本的存在严重影响了我和翔哥做爱时的感觉。做爱时我觉得自己像一个贼。有一双眼睛在我和翔哥之间，离我很近很近。而我裸着身体，我觉得恶心。我指着墙壁对翔哥说："不行。"

我说："我觉得桥本就站在那里。"

我的性生活被桥本废掉了。在我自己的家里我无法跟随我身体的那一种感觉。桥本的执著是一种病态。桥本是一只黑色的乌鸦飞进我的新居。

再做爱，我和翔哥就去情人旅馆。

虽然我会听到隔壁传来的对方的呻吟，但是它们令我想象许多不同的快乐的音符和形状。男欢女爱是快乐的形状。蛇的耳朵上戴着耳环。

　　风度翩翩的翔哥带我走向一座小山。小山的半山腰上有很多别墅式的房子。天正慢慢地黑下来，晚风在耳边不断地抚过。这天是星期五，事情未免来得太快。

　　直到翔哥在一座房屋前停下来，直到翔哥将门打开，直到我看到门口乱七八糟地摆在门口的鞋子。我明白翔哥是直接带我到他的家里来了。

　　看到我惊讶的样子，翔哥说他家里的那个女人带着孩子回台湾了。

　　翔哥要我也进去。无数次幻想过翔哥的家，想不到翔哥真的会带我来。日本男人不太会带女人在自己的家里不伦，翔哥在日本生活了二十多年，翔哥仍然是中国人。至于我，与男人不伦，不伦到男人的家里，是第一次。

　　翔哥打开电灯，我看到鞋子里多是女人的鞋子。不知道翔哥带我来这里之前为什么不稍微检点一下。我觉得至少应该将女人的鞋子藏到我看不见的地方。女人是讲感觉的，我觉得别扭。穿着眼前的红皮鞋的女人昨天晚上还睡在翔哥的身边，而我是乘了半个多小时的电车，穿过傍晚时分的马路才来到这里的。除了女人的鞋子，门口还有一个很大的浴缸，浴缸里红色的金鱼像浮游的一片片花瓣，像流水里的落花。我站在门口不动，觉得不知所措。

翔哥快声地叫我进门。翔哥说："不要一直站在门口，被邻居看到的话总不是太好。快一点把门关上。"我随翔哥走进大门，我关上门，脱掉鞋子，我没有穿袜子，赤脚随着翔哥走进客厅。我看到窗边是咖啡色的沙发，房间的正中央是一个四四方方的和式坐桌。翔哥盘腿坐在坐桌和沙发的中间，翔哥要我也坐下来。房间里的光线暗暗的。窗帘垂挂着没有打开。知道不太得体，但是既然已经来了我只好在翔哥的身边坐下。即使翔哥的房子在半山腰，我依然感知到城市的风景和城市的声音。街灯透过窗帘照射进来，隔壁的邻居家里正好有宅急便到来。翔哥去冰箱取酒。

我看到客厅里的墙壁上挂满年轻女孩的相片。相片里的女孩也就十几岁的样子，我想相片里的女孩一定就是翔哥偶尔会跟我谈起的他的宝贝女儿。我不由自主地凝视着相片里女孩子的眼睛，女孩的眼睛里有令我心痛的天真和黑色的纯洁，有灿烂的笑容。是的，除了我看到的这一些，我在女孩的眼睛了几乎找不到任何在她这个年龄里的多余的东西。这样的容颜，这样的眼睛，如果看到这里正在或者即将发生的事情，或许她会像我当年诅咒自己的父亲般骂翔哥是"丧尽廉耻"。这个房间本来是她的安慰，她永远不会想到这里有她母亲作为一个妻子的不幸，她永远想象不出这里会成为她母亲悲痛的所在地。

是的，翔哥的女儿令我在这个时刻想起我的父亲和我父亲的情人。

我喜欢的男人都大我很多，我甚至喜欢和我父亲有一样年龄的男人。我喜欢成熟的男人与我的父亲有关。我从来没有得到过父爱，我不知道父爱是什么滋味。我找男人的时候会不自觉地找不但给我情爱同时也给予父爱的男人。我从来不会跟比我小的男人有关系，他们满足不了我。他们只能满足我的肉体但是满足不了我心里的饥渴。

我一直不明白父亲为什么不喜欢我，直到那一次我和母亲去菜市场，母亲用手指着一个婆婆对我说："那个女人就是黄婆。"母亲的语气似乎告诉我我应该认识黄婆，我问母亲我看过这位黄婆吗？

母亲很意外。母亲说："你不记得了？"

母亲说："你还是小孩子的时候，黄婆经常到家里来找你爸，偏偏她每次来你都会惊天动地地哭。为此你挨了你爸不少的打。"我想起黄婆就是那个我称为"猫猴"的女人。

我想起那一天那一刻。

我母亲做好了饭，母亲要我到对面的小楼上的一个人家叫父亲回来吃饭。我是飞跑着去的。推开大门我看见父亲的怀里坐着另外一个女人。父亲对站在大门口的我说："快回去，就说我今天不在家里吃饭。"

父亲看上去很不耐烦。

我回到家里，我对母亲说爸不要在家里吃饭，母亲不说别的，母亲只是一而再再而三地要我："再去。"我记得父亲很晚才从女人那里回到家里。我还记得父亲只用一只脚就将母亲给他预备的桌子上的饭和菜踢翻了。我记得母亲那个时候的神情。我是说这样的事情在我童年的时候经常发生，好像我家里的家常便饭。我经常想我的父亲可以突然间死去，或者我可以亲手杀死父亲。我的父亲的血液里涌流着一种疯狂，这种疯狂遗传给我。

翔哥带我到他的家里令我想起我的父亲和父亲的情人，我突然有一种虚脱下来的感觉，我意识到我原本是什么都没有的，无论精神上的还是物质上的，什么都无所谓，想要的话我可以拿过来。自从那一天，宽肩膀的翔哥拿着雨伞向我走来，我是一个年轻的女孩，在日本我无依无靠。而翔哥他知道这一切，他知道我在想什么，他知道我想要什么。对于我来说，我不仅喜欢翔哥的屁股，我还喜欢翔哥的令我无从把握的神情。从见面的那一个瞬间翔哥就用老朋友的口气跟我说话。是的，我在大陆，翔哥是在台湾，我们在不同的地方度过了属于自己的有所着落或者是无所着落的大段时间，我们知道我们的一切都无从谈起，我们素昧平生，我们厮守但是我们从来不问对方的过去，我们之间没有过去也没有未来。和翔哥在一起后，我的脸就变得像我的父亲，我的脸是一张酒精中毒的脸。我在什么时候忘记了想要父亲死去的欲望？我自己也不知道。但是父亲疯狂的神情还停留在我的心底。

黝黯的房间内开始有温热的躁动。我知道这种躁动来自于我父亲遗传给我的疯狂，翔哥坐到沙发上，取过香烟，将打火机拿到手中。随着打火机的咚哒的声音翔哥的面颊上跳过燃烧般的红色的火光，翔哥猛烈地吸了一口烟，翔哥口中蓬蓬翻卷的烟雾将他的脸全部缭绕住了。我静静地看着翔哥。

翔哥要我坐到沙发上。

翔哥将红酒杯递给我。

翔哥说："干杯。"

我喝光了红酒。

翔哥跪倒在沙发的前面，小狗般地跪在我的面前，开始吻我的腿和我的脚。翔哥说："秋子，今天你就留在这里过夜。"

翔哥说："明天从这里去大学。"

翔哥说："我送你去。"

我本来喜欢翔哥像小狗一样地吻我亲我，可是我总是克制不住地看墙上他女儿的相片。翔哥的女儿像一个布娃娃穿着可爱的连衣裙。我回到很久很久以前，回到我父亲和黄婆那里。

翔哥说："秋子，今天就将你丢在这里好了，你想叫就叫。"

翔哥说："这间房子在小山的半山腰，隔壁的邻居离这里比较远因而会听不见你的叫声。"翔哥这样说令我觉得我像只猪，我对翔哥说："我觉得难堪。"

我说："墙壁上相片中的你女儿好像不眨眼地看着我们。"

翔哥说："那不是我的女儿。"

翔哥说："那只是一张我女儿的相片。"

翔哥说："神经质。"

翔哥说："你可以不在意，那只是一张相片。"

我攥着翔哥的手，我说翔哥你不懂。

翔哥说："我懂。"翔哥说："你是不是想告诉我你有多么爱我。"

这个家不是我的世界。另一个女人的鞋子和味道令我晕头转向。我只是今天才出现在这里的一个灼热的秘密。墙上的娃娃好像在告知我我在作孽。墙上的娃娃如今在另一个国度另一个城市里酣睡，我和她的父亲在一起，我和她的父亲是一对情人。翔哥可以不在乎墙壁上他女儿的那双眼睛，我觉得身为做父亲的他有点儿过分。我无法理解此时此刻的翔哥，一如女人不能理解那些偷情的男人为什么会将女人带回家里做那件事。男人是一种本能的动物，他们只会令他们的亲人感到忧伤。

也许是我没有胃口吃东西，空着腹喝酒很快就晕晕乎乎了。翔哥要我穿上他的睡衣，睡衣宽大至膝。翔哥从楼上的卧室搬来他的被褥，翔哥要我躺下来。翔哥过来剥我穿着的睡衣。翔哥说如果你在乎那一张相片我们可以将灯关掉。

感到他人的骚扰我说我想听听音乐。音乐可以唤起我的情绪可以令那一条小河重新流淌。翔哥找出一张ＣＤ，竟然是ENYA。

ENYA是很多电影电视和广告的主题曲，是罗马的论理，是感性的败北，是螺旋式构筑的音的造型，是疲惫的心的宗教。我以为ENYA是翔哥的趣味，竟然是那个女人的趣味。ＣＤ是九二年我到日本来的那一年制作的，收录有我最喜爱的"草原"和"树"。

音符从恍惚不定的瞬间沉沉地，重重地流出来。神用太阳和月亮编织的舞蹈由天使们舞蹈着降临下来。我感到一个女人的灵魂发出前世今生不死不灭的光芒。没有一个音符是可以省略掉的。

千帆过尽。

我怀疑我迷恋的不是翔哥，我怀疑我迷恋的只是翔哥与我做爱时给我的那种快乐的感觉。身体是官能的、简单的。因为我喝过酒、因为我在这样的时刻听到ENYA，我要翔哥关上电灯。我们开始亲吻。

我们亢奋不眠。

我们歇斯底里。

我抱着翔哥的时候有父亲的神情在脑海里穿过。

我和翔哥紧紧抱在一起的时候那个女人从台湾打来电话。

这本来是一个特殊的夜晚。认识翔哥以来，第一次我可以通宵达旦地睡在翔哥的身边，第一次我们可以相伴到黎明。我对翔哥说："今天可不可以不接这个电话？"

我说："如果你接了这个电话便会有一种感觉来伤害我。"

翔哥说："还是接电话比较好。"

翔哥说："那个女人本来就疑神疑鬼的，不接电话会以为我不在家里过夜。"看到我懊丧的样子，翔哥解释说："我只是想避免一种麻烦。"

翔哥说："我不是怕那个女人，我只不过是想站在一个'礼'字之上。"翔哥说："不这样做的话，吵起架来或者离婚的话，吃亏的是自己。"

流逝的时光不会回头，穿过居酒屋，穿过咖啡屋，穿过莫扎特，穿过ENYA，我还是没有找到那条通向我最终目标的小路。我以为我了解翔哥而现在我觉得翔哥像一个陌生人。房间里ENYA的曲子已经寂静下来，我搞不清楚翔哥也会不会对我背信弃义。我只能说我感觉到了，我没有办法用语言来形容我的感觉。我感觉到翔哥的解释令我不愉快，我第一次发现我爱着的翔哥其实是一个很自私的男人。还有，我比任何时候都相信，翔哥说他和他的太太在协议离婚，不过是一个自私的男人的谎言。

翔哥是在说谎的意识像清晨我床头上的那只小闹表，我开始患得患失。有一种声音不断地提示我说，你一定要去证明它。我不停地问自己，如果我不去证明它，我是否会一如既往地维持我和翔哥的关系。我想起很久很久以前，想起我和翔哥相爱。如果不是翔哥对我说他正在和太太协议离婚的话，如果不是翔哥告诉我要我等他，我不知道我是否能够跟翔哥走这么远。我开始想结婚。每一个女人都有这种渴望结婚的时刻。此刻我就是想结婚。我不仅是一个男人的情人，我还是一个女人。当一个女人不再相信她所爱着的男人的时候，女人首先想到的一定就是结婚。与不再相信的男人结婚。是的，我想跟翔哥结婚，翔哥的屁股，翔哥的声音依旧打动我。

黎明前我在翔哥的怀里做了一个古怪而漫长的梦。

我梦见我看见了墙角有一个圈套，而圈套引诱我自杀。

关于"我"的自杀的演出：

有一种变化在"我"的身上发生了，对于这一点，"我"再也不能怀疑下去了。或许这样的一种变化是早该发生的事情。

对于"我"这样一个好久以来不再被人关注，孤零零地活着的人，是很难产生笑的欲望的。"我"生活的房间里，酒喝尽了，烟也抽光了，桌子和椅子以及所有的柜子和门都被拆散了，只剩下那盏小白灯。"我"意识到，用不了太久，一切的一切就会消失的。

天色越来越暗，"我"一直哭到深夜（我自以为我是我自己，可是我的心思里都是其他的人）。

　　为了让自己看上去苍老的容颜可以远离，"我"想要一张明星照片般闪闪发光的脸——"我"开始化妆。

　　"我"化了妆后就坐在那张破损的桌子前，桌上的托盘里放着一只空杯。"我"将含有水银的温度计一个一个地敲碎，将水银倒入杯底。对着杯中，"我"不停地、自言自语地跟什么人说话。

　　"我"想起那是一个可爱的早晨，"我"顺着一条带霉味的街道，走进了一家红房子的药店，买了好些温度计。当时，"我"的心里已经感到不踏实了，那些温度计差点没从手中掉下来。"我"的第一感觉是肚子不舒服，双膝发软，后来有一种盲目的内疚，一种不真实的感觉，只是觉得发冷和害怕。也许已经预感到那件事。

　　"我"是一个强者，同时也是一个弱者。在这之前的两次自杀都失败了。第一次，"我"喝了满满一瓶安眠药，三天之后"我"神奇般地清醒过来。原因很简单，"我"过去就是一个神经衰弱很严重的人，长期失眠，靠吃安眠药来安睡。显然，选择安眠药之于"我"，是极其无用的。

紧接着是第二次。"我"做了想扼杀自己的一个凶手。"我"用小刀将自己的皮肤割破。其结果是"我"觉得过程太漫长了，令"我"无法等待。

这第三次的选择，再也不会错了。不管怎么说，事不过三啊。

"我"装出愉快的口气，叫了一声："有谁知道我到底去什么鬼地方呢？"

"我"静悄悄地走着，顺着一条小路磕磕碰碰地走着。转弯时转错了一个弯走到一条死道里了。

这条死道其实就是《自杀演习》的"我"的操作室。操作室里的气氛很好，只是气味稍差一点。那是一个叫人害怕的地方。一切都掩在黑暗的厚度中，笼罩在世界的深处。

"我"在这个小天地里徘徊踌躇有三天了。正是这三天里，"我"只听得见自己的喘息声和脚步声。空荡荡的令人窒息。"我"开始感到自己孤单得可怕。

"我"那时忽然想叫喊，想奔跑。"我"就这样做了。但是"我"刚这样做就觉得很不好受，死道中潮湿的空气似一汪泉水在"我"的喉咙处荡漾，且又十分暗淡。

"我"处在一种孤独无援的绝境中。就那样站着，"我"竟然又睡了过去，还做了很多令人生气的梦。

梦中的"我"困惑不解地凝视着四堵熏黑了的墙壁，凝视着曾经打扫得干干净净，如今又密布着蜘蛛网的天花板。"我"自语道："即便我去了，蜘蛛网还是会无忧无虑地挂在原来的地方。"

然而，"我"很快就觉得怅然若失。因为"我"发现椅子不是像三天前那样放着。不知什么原因，三天前坐过的那把椅子孤零零地落在房间最阴暗的角落里。

顺着椅子的方向，"我"寻思着往四周围看，于是"我"就发现了，在椅子的上方，有一个圆圆的圈套，呈黑色，仿佛在引诱着"我"。又似乎是一种必然，"我"也在选择圈套。

圈套的外形轮廓或明或暗。"我"认为，在任何一点上，要么清醒，要么不清醒。"我"或者零。但是，"我"和零之间的领域其实都属于无声的毁灭。生的信念已经排除了中间部分。

"我"站上了黑色的椅子（检验者提醒"我"：绳子是否扎实，否则又会失败），"我"用手摸了摸那个圈套，是那种很结实的牛皮带子，绝对没有什么问题。

"我"陷入了沉思，心想，只要将脑袋钻进圈套，再将脚下的椅子踢开——

似乎"我"的耳边有人在悄悄说话：你不能成为这件作品。想一想，你钻进那圈套里就会安全而不受侵袭了吗？……

"我"再度陷入了沉思，很久都逗留在圈套和椅子的中间。

当"我"终于从这场令人生气的梦中醒来时，发现死道上竟然多了一张灰色的脸在自己的面前晃来晃去。"我"相信自己认识这张脸，或者至少曾经认识过。

"我"觉得胸口一阵阵的作痛，干渴得像火炙一样，已经无法喊叫，只能微弱地呻吟：远离我，远离我。

这张脸在"我"的旁边躺下，抚摸着"我"的脸。不知道经过了多长时间，他们一句话也没有说。他们已有很久没有再见过面，相互都不知道对方的真实姓名。"我"又一次沉湎于梦幻和昏迷之中，等待着天色发亮。然而一切都破落，随之而来的只有悄然无声的毁灭。

"我"肯定这张灰脸和无声的抚摸是在折磨自己，是耐心地慢慢地折磨。结果"我"还是接受了。"我"似乎觉得到处都有一些像自己曾经敲碎体温计而倒入杯中的水银一样的东西。"我"想象着水银，就想说：等一等，我再也不想当孤独者了。（其实，"我"明白自己做得太过分了。但作为一个人，是不能为孤寂"留下空位子"的。）"我"开始慢慢地喝起水银来（说明：这仅仅是在体验）。"我"终于感觉到水银在肚子里无声地颤动，像有无数片镜块在其间绞割，想照个究竟，不愿放过任何细节似的。

也许此时"我"又带有强烈的生的欲念了。很可惜，痛苦的时间太久了。"我"是多么希望那无声的颤动快一点消失，可它继续留在身上，像一个沉重而又痛苦的负担。"我"情不自禁地呻吟起来。

别害怕，我是德道。那张灰色的不真实的脸冲着正在呻吟的"我"的耳朵说。

说自己是德道的人的声音，是令"我"永远都难以忘掉的。其幽隐的战栗，只在无声无息的时候才可以感觉得到。其神迷十分吸引了"我"。于是，在死道里，在黑暗中，"我"将一切的一切都情不自禁地说给德道了。

"我"以为将一切的一切都说与德道，一切便可以结束了。但是，很长时间德道都不肯说一句话，只有他身上冰冷的喘息似冰冷的河令"我"觉得不可接近。

不知过了多久，恍忽中"我"听到一阵窸窸窣窣的摸索声。德道在剪指甲，动作很从容，从一剪到十，从十剪到二十；又从一修理到十，从十修理到二十。

"我"屏住呼吸，注意聆听并想象德道的动作。"我"从来没有想到，一个人在黑暗中会如此生动地存在着。黑暗之于德道，不是障碍，也不是限定。德道是身处黑暗而时刻处在运动中的人。德道是很生动的。

德道从开始修理指甲时，就不再理会"我"了。"我"却无可比拟地关注着德道，心中充满了疑惑。或许可以说，此时此刻，就因着德道所施予"我"体内的疑惑，"我"已经放弃了自杀的念头。

德道于黑暗中的行为似乎过于圆满了。德道似乎是超越于黑暗之上的，突然之间，"我"内心涌出强烈的渴望："我"希望德道能够与自己说说话。

不知从什么地方，从围绕着"我"的黑暗中，从四面八方，从世界的深处，一种悲痛的渴望突然汹涌地淹没了"我"。

"我"放声大哭。

哭泣之后，"我"问德道：人会成为实实在在的哲人吗？我怎么不明白？

德道告诉"我"：正因为你不明白，所以你就获得了解救的机会。

德道说完这句话，站起身，肥硕的手用力抓住"我"的手臂，向一个什么方向走去。

"我"依旧记得那是一个正午。阳光灿灿地放射出炫目的金光。"我"发现这一点的时候，德道已经抓着"我"的手臂笼罩在一片灿烂之中了。

事情的结局来得太突然了。在"我"觉得一切都耗尽的时候，光明突然以令人难以承受的悲壮出现在"我"的面前。

"我"一时还难以适应如此的明媚，眼中不禁模糊出连绵的泪水。

因为"我"曾在死道中向德道吐露过心曲，因而"我"心里觉得不太好意思。"我"偷偷地抬起眼即刻就待在那里了。

从容领"我"走出死道的德道竟是一个瞎子。

或许德道全然感知"我"的惊讶，德道笑了笑说，又是一个疑惑吧？说完这话，瞎子德道就朝马路另一侧长有绿色森林的地方走去。"我"看着德道远了模糊了消逝了。"我"发现，德道带自己走出死道的方向，正是世界旋转的方向。

"我"一个人留在一片灿然的明亮中，看上去轻描淡写的。"我"摇了摇头，笑了，心想自己再也不要自杀了。

我直觉到梦里的德道应该就是我的父亲。我的父亲正死于自杀，死于一根他亲手系结的绳子。

关于我父亲的自杀。

像往常一样，母亲让我哥哥给父亲脱衣服和裤子。哥哥给父亲脱完衣服和裤子后，我们兄弟姐妹七手八脚地抬起父亲将他扔到床上。

那一天我哥哥脱得挺费力气的，我看到有豆大的汗珠顺着哥哥的面颊流到他的脖子上。我觉得哥哥很可怜想帮帮他。我将父亲的裤链拉开，我拽着父亲的裤角一点一点儿地往下扯。

将沾满父亲的呕吐物的裤子扔开，我站起身来喘了一口气。我突然发现我姐姐张大了嘴巴并用手指着父亲的裤裆那里，顺着我姐姐手指的方向我看到了那个属于男人才有的东西，软软的。

我非常恶心。我那时的恶心已经超出了我的恐惧，我想逃开。换一句话说，与其看着一个没有活力的男人的躯体像一堆臭肉，不如看到这个男人立刻就死去。现在回忆起来，那是我第一次认识那个东西，进一步说，它所确定给我的关于男人的记忆，整整影响了我一生中看待男人的色调。我一生中只爱大我很多的有着和我父亲一样年龄的男人。

从那一天那一刻开始，父亲这个名词的内容在我的心底里被摧毁了。我重新认可它的时候，我父亲僵硬的尸体已经睡在了太平间里。

父亲死的那一年，我在远离家乡的一座小城的大学里攻读学士学位。我接到有生以来唯一收到过的那张电报时就知道是父亲或者什么亲人死去了。在我们那样一个天天都有战争发生的家庭里，死人的事是一定要发生的。

我从大学赶回家。我的家是一座日本式房屋，屋顶呈金字形，墙壁很厚，窗口很小。我本来以为父亲是死在这样一间有着日本情调的阴暗的房间里，我以为父亲的躯体还在。

"爸呢？"我问母亲。

母亲突然张开双臂将我紧紧地拥在她的怀里。我搂着母亲的肩。

"你爸他走了。"母亲哭着在我的耳边说。

我离开父亲去上大学的时候，父亲每天喝酒，喝了酒就红着眼珠子骂人。我无法相信父亲死得这么快。

谁都没有告诉我那个事实，母亲还有哥哥姐姐都沉默着，父亲的死好像一个死寂的梦。

我走到父亲生前的睡床，抚摸了一下父亲生前睡过的地方。或许只有父亲可以理解我的举动。冬天的景色在我的心里模糊起来，只有屋檐下的冰挂挂，比空气要透明的冰挂挂，在我的内心深处若有若无般地融化开来。我不敢告诉母亲父亲的死令我有多么高兴。我期待父亲的死期已久，父亲的死终于来临。父亲的死用不着解释，死这个字已经失去了意义，死的同时生也结束了。我想搞清楚的是生与死的那一刻。

知道我去天平间，姐姐才告诉我真相，姐姐说我的父亲没有死在那间有日本情调的木制建筑的小房间里，父亲死在院子里用红砖砌就的仓库里。

姐姐说："爸死的样子很吓人也很可怜。"

姐姐说："那天的晚饭是妈包的饺子。因为爸喜欢羊肉所以妈特地用了羊肉馅。"

姐姐说："爸那天挺高兴的，喝了很多酒，出门前特地告诉妈将剩下来的饺子给他留着。"

姐姐说："爸到很晚了也不回家，妈等了一夜。天亮的时候妈说去仓库看看，就看到爸死在那里了。"

姐姐说："其实那跟绳子系得不是很高，爸是跪在地上，用力将脖子勒在绳子上。"

姐姐说："妈发现爸的时候爸的身体已经僵硬了。"

姐姐说："爸死的地方有好多抽过的烟蒂，爸一定犹豫了很久。"

我不知道说什么来安慰母亲。我期待父亲快一点儿死，但是对于母亲来说父亲死得太早了。父亲的死是对母亲的一种背叛。父亲本来就没有爱过母亲，父亲是自私的，除了他自己以外什么人都不会爱，父亲的感情是被什么给抹杀掉了。即使父亲不爱母亲，当母亲和我去太平间，当我们站在父亲的面前，我看到母亲是那样的痛不欲生。关于父亲和母亲，关于男人和女人，我真的搞不清楚了。我只知道父亲一词的意义在我的心底因为母亲而复活过来，我还知道母亲原来一直都爱着我期待他快死的父亲。

长长的梦令我疲惫不堪。我不知道为什么心里有一种冲动。我发现我连身边的翔哥也搞不清楚了。如果德道是我的父亲，那么或许父亲是用这个梦来提示我翔哥就是墙角上的那个黑色的牛皮圈套。是的，我说过我是我母亲的噩梦，我也是我父亲的噩梦。在这个梦里，比起死亡我觉得我更加嗅到了一种渴望的味道。一种莫名其妙的背叛了父亲的兴奋的感觉再次充满了我，充满了我身体的所有细节。那是什么样的感觉？后来我知道大陆人形容它为上来了；日本人形容它为丢掉了；台湾人形容它为去了。让身体飞出自己，来去丢失中快乐一次。

翔哥是我的爱人我的情人我的父亲。

31

我的大学院生活即将结束。有一家出版社因为想打开亚洲市场，想找一位会日语的外国人做编辑和企划。我的教授是这家出版社的作者，教授向出版社介绍了我，出版社希望可以见一见我，于是我和教授去出版社面接。说是面接，其实是出版社对教授的一种招待。

那个时候，我的日语还不像现在这般得心应手。可能是我过于紧张的缘故，我几乎一句也没有听懂老板还有社长以及编辑长都向我提问了什么问题，我只是一个劲儿地回答说"是"。我以为就职对于我来说是绝望的。我说的是在出版社就职。据我所知，东京的出版社里只有一个中国人在做编辑。我刚来日本的时候雅子将他介绍给我，他请我在一家叫"李白"的茶楼里喝过茶，还请我吃过饺子定食。他跟日本女人结了婚，他不仅日语说得好，他还会直接用日文写作。除了出版社的工作以外，他还在日本的广播电台和雅子一起为美国之音做采访员。他是日本华人圈里的名人。他的名字叫唐人。我不可能是继唐人以来在东京就职的第二个中国人。我日语说得还不是很好，我更加不会用日语写作。但是，吃过饭喝过酒，老板突然问我："你什么时候可以上班？还有，你想要多少工资？"虽然我不敢相信我真的可以就职，但是我真的就职了。我对老板说："我下个月可以上班。至于工资，最低二十五万日元才可以在入国管理局拿到日本的就职签证。"老板对社长说："就定为二十五万。"

老板又对我说："你定下上班的日子，你想来的时候就来，你直接找社长好了。"

我觉得我的就职好像我和出版社双方对教授的利用。教授和教授的父亲是日本屈指可数的心理学专家，他们父子两个人的书稿出版后可以迅速卖掉。我的教授当场同意他的下一部书稿在我即将就职的出版社出版。还有，后来我成了出版社里的编辑，我从编辑同人那里知道出版社的年轻美貌的女社长是老板出差时从外地带回东京的。从一个旅馆招待一下子成为出版社的社长，谁都知道她是我们老板的情人。老板的情人在出版社里不约稿也不用编稿，她只管钱。我每个月就是从她那里拿工资。

我在出版社工作期间曾经企划并编辑了一套中国女作家的丛书。书出版后我邀请佩红和明了来日本参加出版发布会。佩红曾经对我说："你们的社长很优秀，她不仅如此年轻就有做社长的能力，她还十分漂亮。"那时我们国内还没有属于个人的出版社，也许佩红想象不到做社长不需要能力。出版社是我们老板的，我们老板想让他的情人做社长他的情人就可以做社长。我在这个长篇的开头处说过，男女关系也是特权。社长这个地位是我们老板的情人的美丽的年华。

　　然而，令我感伤的是我的老板和社长将我和教授的关系也看成和他们一样的关系。酒会结束的时候老板让社长叫来出租车，老板让教授上车，老板让我也上车。我说我和教授不是同路，老板还是执意地叫我上车。老板大约以为我和教授会直接去情人旅馆。我感到十分难为情的时候，教授解救了我。教授跟老板和社长说过再见后就请司机将车启动了。教授乘坐的出租车远了看不见了，我看见老板一脸的不可思议。如果老板知道我和教授根本不是情人关系的话，我不知道我是否可以如此简单地踏入日本的出版界。我成了第二个在东京出版社就职的中国人。结局是新的，决定未来的永远是那个叫做"命运"的东西。我想起翔哥对我说的那句话："这就是日本，你认识的一个人也许会改变尔一生的命运。"

我做梦也没有想到。因为这一次就职，我从此远离了我的祖国，我的亲人，我喜欢的中国文坛里的好多朋友，我也远离了大头和和平。十年后我因为种种原因而归化了日本，我连名带姓都成了日本人。还有，我来日本二十年了，如果没有电脑，我会提笔忘字而想不起中国的汉字。

日本的教育妈妈谈到他们家庭的教育方针时会包括她们对孩子的理想象。她们希望她们的孩子是健康诚实的，她们希望她们的孩子是自立的，她们希望她们的孩子可以有其他人没有掌握的某一种武器。还有，她们做很多努力让他们的孩子从幼儿园开始就去学习塾学习，她们让孩子通过竞争激烈的考试去所谓的贵族学校。很多贵族学校都是大学的附属学校，所以她们的孩子进了贵族学校后可以不再担心大学考试。这些刚刚六岁就已经拿到了通向大学的护照的孩子们，差不多都是有钱有名的人的孩子。有着好的家庭背景的孩子们成为朋友，孩子们的友情从小学维持到大学毕业，维持到他们成为社会人。他们的友情是他们的圈子，他们的圈子在很大的意义上决定他们在社会上的地位，他们的地位决定他们的命运，因此他们的圈子根深蒂固。

我的儿子也是在三岁开始进学习塾，我儿子可以不用考试而直接升到大学院。我儿子现在是小学三年生，除了我儿子以他自己的喜好交朋友外，我差不多每个星期都要去美容院，因为在我的儿子有了明确的交友意识之前，我必须和我儿子的朋友的母亲们也交朋友。有时候我会觉得累，但是没有关系，我现在的努力是儿子的未来的希望。我和许多母亲一样都相信那个人与人之间才有的叫做"命运"的东西。简单地解释的话，或许就叫做人事关系。

用不了多久我就要去出版社工作，想一想继立新和乌龙茶之后我自己也要离开富贵阁，我感到时光真的是挡也挡不住。离开富贵阁之前有一件事烦恼着我，我想我该解决掉它。

我的这个烦恼与山馆有关。

山馆一直因为我的消瘦而认定我不适合打工想解雇我。山馆几乎不曾与我说过话，或许也没有正经地看过我。我在这里无法用语言来表达什么叫感觉，我只是知道我和山馆是两个不投机缘的人。

午休去五楼的时候，没想到我和山馆同乘一部电梯。如以往一样，山馆有意站到我的前面将他的后脑勺和后背对着我。想一想我不久要离开富贵阁，我可以不再在乎眼前这个讨厌我的男人，但是我想将我的心情转告给他。我看着山馆的后脑勺。

我说："我知道长期以来你一直讨厌我。"

山馆并不回头。

山馆说："你说得对。"

山馆说："我确实不喜欢你。"

"我也讨厌你。"我说。

我说："我们两个人好比两种生物磁场，我们是相克相冲的那一种。"

我说："我们没有好的缘分，我们从一开始就彼此厌恶。"

古希腊的人认为，一个男人的高贵品质可以是私下的，也可以是公开的。我如此直截了当地对山馆说出我的感觉，想不到下午我洗酒杯的时候，山馆来到我的身边。山馆在我的身边站住，目不转睛地看着我。山馆用手指着短裙下我小腿上这里那里出现的淤血块，说："你可以休息，你最好尽快去医院做检查。"山馆说："你这个样子下去的话会死。"

母亲走后，先是腰痛，接着淤血块也再一次出现在我身体的这里和那里。我知道淤血块不是病，淤血块只是我的放纵与悲哀。然而山馆关心我我觉得很高兴。我看着山馆说完话从我的眼前离去，我看着山馆的背影，有一阵风吹过我的心头，我看到随风飘落的那些落叶。我独自微笑起来。我们曾经视对方为行尸走肉般地擦肩而过，我们也感到过力不从心，而如今我们心领神会。是什么改变了我们？坦诚与理解是一对孪生的姐妹。

我独自微笑。

赵小姐趁着没有人在眼前的时候来到我面前。

"秋子，我不是告诉过你你的病已经成为富贵阁的传说吗？你怎么还不抓紧时间去医院？" "病？什么病？"我已经忘记赵小姐曾经提示过我什么了。

"你身上的那些紫斑啊。"

赵小姐说："暗地里有人怀疑你得的是艾滋病。"

天啊，艾滋病。

我当然知道我得的不是艾滋，但是我无法向富贵阁的人宣布我是因为和男人做那种事做得太多。还有，我无法解释说我没有乱搞男女关系，我只是跟我喜欢的一个男人做爱而已。翔哥在跟我做爱的时候说过他是蝶，我是花，蝶恋花。爱欲隐藏在淤血块里。淤血块是我和翔哥两个人的故事。

艾滋病。

被人误以为得了艾滋病我自己也难堪得有点儿乱套。艾滋病

220

所代表的意义不仅是健康上出了问题，艾滋病还代表着对一个人的审判。淫乱从幕后走出来，淫乱被人们的想象贴到我的身上。淫乱是宣判书。我再次觉得我身上的淤血块是霍桑笔下那个女人的胸前所挂着的"红字"。为了证明我没有得艾滋病，我只好去医院做检查。

"我没有病。"我说。

我将化验结果给赵小姐她们看。

我说："医生说我的淤血是因为疲劳和营养失调。"

医生真的是这么说的。

解释的时候我觉得口干舌燥。我喝了一大杯茶水，茶水不小心误入气管，我打了一差串的喷嚏。"一开始我就说那间房子有问题。"阿珠说。

阿珠说："不会连你也去医院挨一刀吧？"

"是鬼掐的青。"淑云说。

关于我身上的淤血，因为有了化验证书证明我不是艾滋反而令身边的人多出很多揣测。事情严重起来，阿珠不知道从哪里认识了一位会看风水的气功师，气功师叫文毅。阿珠说："你一定要跟我去见一见文毅。"

文毅的半张脸是乌青的。文毅说那乌青是遭雷劈的。文毅说那个叫布袋的有名的和尚也曾经因为对佛像不恭而遭雷劈过。文毅说他和布袋和尚一样遭雷劈而不死。

文毅有三十几岁，来自上海。听文毅自己说他从小习武练功，精通晓悟"伦语"和"易经"。文毅主持了一个叫鬼谷子的讲习班。我和阿珠去找他的时候他正在做讲演，十几名男女聚精会神地听。"什么是风水？简单地说就是阴气与阳气。"文毅说。

"现代科学昌明，很多人不相信神的存在，但是神是存在的。"文毅说。文毅解释说，日本人在表示周期的时候从"日"开始，接着是"月"、"火"、"水"、"木"、"金"、"土"。日为阳，月为阴，水、火、木、金、土为五行。换一个角度来说的话，日、月、水、火、木、金、土也是物质，阴阳五行贯穿在我们所生存的时间与空间。"从这个意义上讲，日本可不可以说是一个风水国家？"有学员提问。

"你们知道日本的伊势神社，每五年会有一次隆重的祭祀活动吗？"文毅反问，"你们知道日本的伊势神社的祭祀活动有什么突出的特点吗？"

"就是五色旗。"因为没有人回答得出，文毅自己说出答案。

文毅说五色旗的五种颜色正是来自于五行。文毅说红来自火，黑来自水，青采自木，白来自金，黄来自土。文毅说小小的日本吃、穿、住、行完全凭借进口，它之所以能够丰盛有余而成为大帝国，究其原因就是顺了五行的缘故。

说到小日本大帝国这个问题，我的朋友胜见美子二个月去了中国，她这是第一次去中国。从中国回来后，我问她对中国的感受。她说中国很大，尤其在天安门广场上散步时心情极好，只是觉着中国好似比日本落后一些。她还问我："为什么中国地大物博、资源丰富，却不如资源缺乏的日本发达呢？"

我知道她其实有她自己的看法，她这样问我，与她的职业有关。她是日本国际理解教育协会的会长，她是想听一听一个中国人的意见，是想在一种探讨、交流中找到某种理解。

实际踏入日本以后，我对日本确实有了一种新的认识。

听说日本的空手道司机很厉害，一名有驾驶执照的日本司机的最崇高的行动，是将他的车在十字路口撞得着火，并且撞上的车越多越好。我想，这其中所需要的精神、勇气和决心，是那种毫无杂念又随时准备的既保护自己又攻击了他人的强大心理。它不但可以建立精神，同时又可以安慰心理，是不可以轻视的。当然，这仅仅是我听说的，我并没有真正看到。

我刚来日本时的加油站的工作，使我有机会第一次真正接触日本人的这种精神。随便的一辆车到来，全部的工作人员即刻自觉地跑上前去，一块玻璃，却同时由几个人来擦，且都十分认真的态度。我开始时觉着好笑，因为，在我们中国，大家一定是轮流着来做这样的工作的。这辆车我擦了，下一辆车就应由你来擦。我擦的时候你坐，你擦的时候我坐，天经地义。

　　还有，制果厂的陈师傅，虽然他说中国人喜欢马马虎虎令我反感，但是我不得不承认中国各方面上不去的原因，就在这马马虎虎上了。日本各方面很进步的原因，是因为日本人与中国人不同，在日本人那里，好就是好，不好就是不好，日本民族的认真精神，中国人应该好好学一下。

　　在加油站工作期间，还有一件令我脸红并深思的事。星期六，是加油站的工作最为繁忙的时候。来加油站加油的车一辆接着一辆，我们几乎不能休息。我感觉太辛苦，不自禁地说："讨厌。"倘若在中国，听我这样说，听话的人即使不会附和我，相信也不会责备我。但是，一起工作的日本人听我说这种话，先是怔愣了一下，随后十分认真地说："讨厌不行，应加油，大家都很辛苦，这是在工作。"

日本人的话，令我想起我的一个朋友曾经打过的一个比喻：倘若社会是一部大的机器，那么，每一个日本人都很到位，机器的运行会十分正常，无论办什么事情，都会很快办成，因为，日本人的责任感很强。其实，现在重新思索一下这句话，我以为，这并不单纯是一种责任感的问题，它应该是一种凝聚力。而且，由于这种凝聚力是整体的，因而具有不可战胜的强大力量。

熟悉中国并在中国办过事的人都知道，在中国办事很费时间，而且相当麻烦。因为，在中国这部大机器上，中国人很难到位，到一个地方去办事，常常是找不到人，办事之前要先找人，好比想运转一部机器，事先却要到处寻找它的零件一样。中国人缺少的是日本人的责任感，更缺少日本人的整体凝聚力。

日本强大的秘密武器就在这里，就在这种凝聚着的不断拼搏着的精神和心理中。

让我再打两个比喻。倘若为了取一个包在石头里的玉石，明显的情形是，如果砸一个石头的角，没有什么危险，时间花费也久，而且不一定成功，但如果砸四个角，有危险，时间花费也短，只是一定会成功。那么，中国人去砸的，大多会是一个角，而日本人一定去砸四个角。再比如，有一堆垃圾堆在一个地方，当时的情形是，只有一个人来清扫垃圾。倘若是中国人，可能会趁无人之机将垃圾随便掩蔽到最便利的地方。但是，倘若是日本人，却一定要将垃圾堆扫得干干净净。而且日本人会问中国人：别人是不知道垃圾存在的，但是你知道，难道你知道垃圾在那里你的心会感到舒服吗？

在这两个比喻里，日本人的精神和心理同前面所提到的空手道司机相同，是自觉而无杂念的。只是这自觉已是一种无意识的状态和境界了。当然，须特殊指出的是，这种无意识境界的达到，要以经济和文化等多方面的条件为基础。这里，暂且不谈。理解了日本人的精神和心理，也就理解了香蕉大的日本为什么叫大帝国了。

文毅说："我与你们不同，我持有可以自由来去宇宙的护照。"

阿珠扯过我的腿让文毅看。

"她的腿是怎么回事？她去医院检查过，她没有病。"阿珠问文毅。

"当然与风水有关。"文毅说。

为了我和阿珠能够更加具体地理解所谓的风水，文毅又打了一个比喻。

文毅说日本的三大名报"每日新闻"、"朝日新闻"和"读卖新闻"中，如今最不景气的是"每日新闻"。文毅说日本皇宫的形状呈圆形，从风水学上看有生的门和死的门。皇宫家族的成员去世以后，必须由死的门走向通往天堂的道路。文毅说"每日新闻"的位置正处在死的门和通向天堂的道路中间，是皇室家族的亡灵由死的门去天堂时的障碍。文毅说"每日新闻"与神过不去才会每况愈下。

日本人将所有死去的人都称谓神。天皇仙逝后天皇的儿子会成为新的神。在日本，神是世袭而神圣的。读过历史的人大概都知道一九四五年的那一场战争。因为美国对长崎和广岛的核轰炸，日本成为了战败国。许多的武士和官兵为了天皇而不惜自杀。日本的国民们接受不了战败这一事实，举国上下陷入一片悲壮。皇宫前的广场上，无数长跪的人们发出的哭声惊天动地、泣鬼泣神。也是天皇的一句话，人们的心情一下子就平和下来了。

翔哥曾经带我去皇宫前面的广场玩过。皇宫在我的眼里更像历史遗留下来的一个堡垒。从外边只能看到宫顶的一部分建筑和茂密的树木。门口有警察在站岗。皇宫的四周铺满了碎石，翔哥告诉我说碎石的作用很大，万一有什么坏人做坏事的话，即使想跑也跑不快。警察比较容易抓到犯人。我无法想象皇室家族在皇宫里的生活，我只是觉得里面的人或许有一点儿可怜。因为他们被日本社会规范为神，他们的一举手一投足都被社会所监视，他们没有自由也没有隐私。翔哥说日本社会的重心是国家神道。翔哥说要想理解日本的天皇制必须先理解日本的历史。

文毅对我说："你想你的病可以好的话，你首先要搬出那个居屋。"

但是文毅又说："我要提醒你的是，风水不过是第三位的东西。"

文毅说："第一位是运，第二位是命。"

文毅说："如果你命中注定有此疾患，即使你搬出居屋也无济于事。"

我说："既然命运比风水重要，风水不是没有意义了吗？"

文毅说："话也不能这么讲。"

文毅说："好比你同情一个没有钱的人，你给他钱，但是他

228

的运不好，你给他的钱会被其他的人偷走或者抢走。"文毅说："改变风水不如改变你的命运，改变了你的命运你的病会不治而自愈。"文毅说："改变运气只有一个办法，就是修行。"

文毅讲了一大堆的道理和假设，我觉得不如我母亲告知我的那一个字。自家水所构成的"药"字。

我和阿珠离开的时候，文毅说他下周会去英国的大不列颠图书馆，他说他要找一本叫"皇极术数"的书。文毅说他如果能够读到这本书的话，那么关于宇宙关于人类关于自我，就会全部省悟的。我想起金庸的武侠小说中的那些传奇的武术书，不禁笑了起来。我好想问文毅他的那本可以自由来去宇宙的护照有什么用。

32

因为文毅说只有修行才可以令我的病不治自愈，赵小姐说他可以介绍一个学会给我。赵小姐说她是这个学会的会员，学会的名字叫创价学会。零儿十分崇尚池田大作。早在大学时代我就受零儿的影响读过池田大作的"人间革命"，我只知道池田大作是作家，不知道池田大作是创价学会的会长。因为工作的关系，我走过很多地方，拜过许多佛与神。还有，我喜欢文学，几乎读遍世界的文学名著。为了能够确切地理解西方小说，我也去过教会并熟读了"圣经"。我喜欢"圣经"那种独特的语言的韵律，我曾经想象自己可以用"圣经"一样的语言写一个长篇。但是我没有固定的信仰。赵小姐要我加入创价学会成为和她一样的信者，我觉得我有抵触。我的童年除了贫穷和母亲的爱情什么都没有。我在母亲的爱情中长大，根深蒂固，至今我依然只相信人类的那一份爱情。我被赵小姐介绍到朱太太家里。朱太太的房子与我是同一座公寓，朱太太住四楼。朱太太的家是创价学会在中华街的一个聚会的场所。星期四有交流会，赵小姐强行带我去朱太太的家。十几个人围着一张方桌，正中间坐着叫中野的老师，朱太太送我一本由创价学会出版的"勤行要点"。朱太太要我坐到中野老师的对面。中野用一支木棒敲过金盆后以浑厚的嗓音唱了一句什么。我听不懂，朱太太解释说中野唱的是"南无妙法莲华经"。中野开始讲经。朱太太要我将那本"勤行要典"翻到第五页。

朱太太说："你不懂你就照着念好了，汉字上都标着日本假名。"

我开始照着念："所谓诸法，如是相、如是性、如是体、如是力、如是作、如是缘、如是果、如是报、如是本末究竟等。"我断章取义，对"性"、"果"一类的文字格外敏感。

我在最不应该想起翔哥的地方想起和翔哥在一起的那些时光，想起我的身体越来越像一个空洞。是翔哥将我的身体抽空的。有什么种子开什么花，连歌词都是这么唱的。即使我可以要求自己面对翔哥理性一点儿，但是我还是对自己的身体无能为力。那一种冲动是原始的，是本能的。性本身就是原始与本能的。我总是可以快速地感觉到体内的那一个信息。喜欢做爱的女人不是坏女人，喜欢做爱的女人是官能的女人。我喜欢翔哥蝴蝶般在我的身体上舞蹈，我甚至喜欢翔哥可以永不停歇地舞蹈下去。我愿意为了我深爱的翔哥而享受地死去，我不会将我喜欢的男人看作我的宗教，但是翔哥却像我的一个信仰。

中野开始讲经。"得阿耨多罗三藐三菩提，然善男子。我实成佛以来，无量无边，百千万亿，那由佗劫，譬如五百千万德。那由佗，阿僧祇，三千大千世界。"菩提是什么？菩提是开悟。向朋友们吹牛时我用第三只眼来形容菩提。我说第三只眼也叫智慧眼。也许我说的智慧眼正悲伤地凝视着我。

　　这一次聚会的课题是证明今年为成功之年。成功的关键在于树立并坚信成功的意识，从自我开始，从现在开始，从变革开始。朱太太用她自身的体验做证明。

　　朱太太说她十八岁结婚，婚后跟着大她二十岁的丈夫去美国。由于在美国的生活不理想，十年前他们夫妇又辗转到日本。朱太太说现在患有老年痴呆症的丈夫，原本是一位技术很高的厨师。朱太太说她的丈夫是一个非常柔和而亲切的人。朱太太说她的丈夫得的是痴呆症。朱太太说因为患了痴呆症的丈夫不能做菜而遭到店老板的解雇。"一边是疾病一边是失业，"朱太太说："海外华人最害怕的两件大事都被我的家庭遭遇了。"朱太太说她本来应该委靡不振，应该诅咒这种不幸的遭遇，但是她非常乐观，因为创价学会救了她，创价学会的会长池田大作为她的生活指出了新的目标。朱太太说："人一旦有了新的目标就会勇往直前。"

朱太太说："通过这种讲习班的学习，我终于明白了那些不幸的苦难其实是佛所施予我的伟大的考验。"朱太太说："因为我可以超越这苦难佛才会选择我。"

朱太太说："努力使我得以自我训练，开悟使我乐观。"

朱太太的体验告诉我，宗教在某种意义上是中药，可以用来为人类解毒。

赵小姐告诉我说创价学会传承的是日莲教，与多数其他的宗教不同，不崇尚牺牲和禁欲。用我自己的话来理解的话应该是"置死地而后生"。

战后被选为贵族议员的宗教领袖贺川丰彦在他的自传小说中写道：像一个被恶魔蛊惑的人，每天自闭在房间哭泣……苦恼持续了一个半月，最后生命终于获得了胜利……他将借死亡所赋予的力量而生存……我的活动力和注意力不受任何束缚，可以专注于目标的实现。我的旁观自我以及不安的重荷，已不再阻挡在我与我的目标之间；随之消逝的还有紧张感和沮丧的倾向——这两者过去妨碍了我的奋斗，现在我能够达成任何事。朱太太告诉我们："我今年的目标是拿出勇气开一家居酒屋。"

朱太太说："我相信我的丈夫可以在实际的训练中再一次恢复他的记忆。"对于创价学会的会员来说，成功来自于信心。那一年是成功之年。

不仅是朱太太，还有很多朱太太陷在水深火热中的朋友。

我还记得那个人姓马。

朱太太说我读的书比较多，又学过心理学，也许懂得如何开导她的朋友。朱太太说她的这个朋友刚刚加入创价学会，她刚刚帮助这个朋友将御本尊请回家里。朱太太说她们刚刚唱过题，希望蒸发掉的朋友的丈夫能够早日回家。又是人间蒸发。这一次是留下来的那一个，是被动的。

我对朱太太的朋友说："我不会算命，也许我们可以随便地聊一聊，聊天或许可以令你的痛苦减轻一点儿。"姓马的说她做事喜欢意气用事而忘记考虑对象、性质以及后果。姓马的说有朋友借高利贷要她做保证人她做了，结果朋友还不起钱跑掉了，债务转到保证人的她这里，数目太大，她也还不起，高利贷业者每天上门来催。

多少钱？我问。

四亿。

天啊，无疑是一个天文数字，我真的是觉得眼前的女人好大胆。日本一个普通的男人，一生的工资合起来也只是一亿。我被这个数字压到了，我也不知道应该如何安慰她。她谈起人间蒸发掉的丈夫时很伤心，令我想起那个麦田里的守望者。她在我的心里就是那个无望的稻草人。我安慰她，我说："也许你的丈夫离家出走是想给你时间要你反省，也许你的丈夫是不愿意接受这个事实而给自己冷静的时间。"我说："你最好再等一等。"

朱太太说现实是对朋友的考验，经受得起这一次考验的话，池田大作老师会拯救她的朋友。朱太太对我说姓马的为了拯救自己而加入了创价学会。朱太太说："秋子你也入会吧。"

我好想告诉朱太太，宗教所说的所谓修行的意义不是将宗教领袖池田大作本人看做佛。"修"是思考是反省是领会；"行"是主动是实践。御本尊令你在你所依附的对象面前静思你的过失你的未来然后纠正你的行为。我想说池田大作不是佛，池田大作是老师，指导你应该如何去理解你所依附的宗教并行动。我想说你没有衣穿没有饭吃的时候，池田大作老师不会给你衣给你饭。

然而我说不出口。只要加入创价学会，就可以要钱有钱要业有业的想法像一根稻草救着眼前的伤心的稻草人。

关于债务，我知道日本有一种法律上的解决方法是自我破产。通过律师办理自我破产的话，债务可以不用偿还。我劝朱太太的朋友去律师那里。我补充说："一旦办理了自我破产的话，虽然债务可以了清，但是日后永远得不到银行的贷款，也永远申请不到信用卡。"朱太太的朋友说她不要银行的贷款，她也不要信用卡，她只是希望那些高利贷业者不要再到她的家里来。她一连声地说："谢谢、谢谢。"

朱太太的朋友欢快地去律师事务所了。我看着她的背影，我感到她对这一次的苦难的超越是她的自我的破产。

朱太太的家与其说是创价学会的一个学习用的据点，不如说更像圣经中所说的那只诺亚方舟。朱太太的另外一个朋友叫小百合，突然给我打电话要我帮她的忙。小百合说她希望可以将一部分信件存放到我的家里。小百合告知我她非如此不可的一个理由。小百合来自黑龙江，她的父母是战后留在中国的老兵，他们在日本被称为残留孤儿。我还记得零儿写过这方面的文章。小百合说她在来日本之前曾经喜欢过当地的一位医生，是医生拒绝了和她谈恋爱。但是小百合回国探亲时，偶然在大街上与医生相遇。为了当年遭到拒绝而怀恨在心，小百合有意勾引医生，并想甩掉医生让他也尝受一次遭受拒绝的滋味。小百合说她想不到自己会旧情复燃，因为那位医生不仅真的会爱上她，那位医生甚至与他的太太离了婚。小百合说她回到日本后每一天都会收到来自那位医生的情书。"爱是不能忘记的。"小百合对我说。

我不相信与当年不喜欢的女人分开了那么多年以后，相遇后会产生真正的爱情。那立医生只是想通过小百合走出他所在的农村，走出黑龙江省。那个年代出国还是一件很时髦的事情。但是这是我的猜测，我拿不出任何证据来说服小百合。

小百合是一个永远躲在梦里不会醒来的那种女孩。

几年前小百合在打工的饭店里喜欢上厨师长。厨师长来自香港，香港有厨师长的两个孩子和太太。但是小百合爱厨师长近于疯狂。小百合不能与厨师长在一起就活不下去。后来我与厨师长也成为朋友，厨师长告诉我说当年他回香港探亲，小百合跟着他乘坐的电车跑了很长的一段路。厨师长说小百合边跑边哭的样子打动了他，小百合疯狂的爱感动了他，他说那一个情景好像电影里的一个镜头深深影响了他，他的心一横就同在香港的太太离了婚，他与小百合结婚并且又有了一个儿子。

小百合告诉我说她不久前回国的时候其实与医生同居了一个月。小百合说医生到底是大学生，读过书的人就是不一样。小百合说早晚刷牙的时候，医生会将牙膏挤好在牙刷上。还有，黑龙江的农村，家里没有浴室，医生每天烧好热水为小百合备好洗脚水并亲自为小百合洗脚。小百合说最关键的是晚上，她和医生做那件事的时候，医生知道什么地方会令女人感到兴奋，总是手脚并用使她快乐无比。爱与性真的是分不开的。小百合如此说令我想起翔哥给我的那些无形的大海一样的快乐。我知道小百合的婚姻完蛋了。或者说小百合现在的样子令我知道自己完蛋了。小百合与我一样是不可救药的女人。我看不到我自己，小百合像一面镜子让我看到我自己。

多少年后我才发现我与小百合不完全一样。我们一样可以丢掉自己曾经以为爱过的男人，但是我不会像小百合那样连自己的儿子也丢掉。

自我破产以后，朱太太的那位姓马的朋友可以重新再来，而我和小百合总是放不下我们身体的那一种感觉，我们误以为那一种感觉是爱情。小百合也是创价学会的会员，小百合说她今年的目标是医生，是爱情，她一定要成功。小百合说祈祷的力量是无穷的。爱情令小百合变得乱七八糟。

我知道小百合将医生的情书存放在我这里以后就直奔黑龙江了。厨师长找到我，希望我可以将能够联系到小百合的电话告诉他，或者至少由我打一个电话给小百合告诉她儿子正在思念她。

厨师长对我说今天的情形令他对离婚感到后悔，但是看到他和小百合的儿子又觉得这种后悔的心情对不起儿子，扯不断理还乱。

厨师长说："秋子你一定不要爱上我这样的男人。"

也许厨师长说的是对的，然而我悲伤至极。我也给过翔哥那么多的感动，我和翔哥之间却一直都是什么也不曾改变。我好想拥抱一下厨师长，好想安慰安慰他，但是他是我朋友的男人我不能拥抱他。我心想，也许厨师长才是女人应该寻找的那种男人。我心里有一种东西于比较中飞出去了。

是什么呢？

我觉得寂寞，我觉得轻松。

朱太太家里有许多人一身破碎地走进来，一身破碎地走出去，但是他们怀抱着希望和信心，他们在现实的世界和魔界中穿行。深渊和天堂在他们的头顶上，在他们的脚底下。世界像一个醉汉反复无常，朱太太家是一只会移动来去的小方舟。

吻过佛的胸膛，我听见佛在大声地说：不要试探你的佛，到此为止。

我离开佛的时候重新变得孤独。我的身边没有相拥到黎明的情人。

好长好长一段时间我不敢去朱太太的家里。

　　教授用手指在桌面上写的那两个字我一下子就读出来了。

　　教授写的是"裸体"两个字。

　　直觉告诉我教授的目的和欲望。

　　教授打来电话，希望我在离开大学院之前可以帮他一次忙。教授说具体的事宜太多，不宜在电话里谈。教授说他已经在一家饭店做了预约，我们可以一边吃饭一边慢慢儿谈。六点钟我和教授在石川町车站见了面。因为是夏季，我穿了一套天蓝色的短袖西装和白色的皮鞋。教授叫了一辆出租车，我和教授坐上去。出租车按照教授的意思将我拉到一个地方。是一家气氛独特的饭店。不知道喜欢女孩的教授怎么会带我来这里。没有女服务生，全部都是年轻的男孩子。男孩子们身穿红色燕尾服黑色西裤黑皮鞋，戴船形帽。男孩子们的腰间系一条白色的围裙。我有一点儿兴奋。

　　教授吩咐的红葡萄酒由男孩子用推车送来。酒瓶被白色的餐巾漂亮地裹着。男孩子为我和教授斟酒，男孩子的动作很潇洒。我的兴奋已经不能克制。我说喝年轻的男孩子所斟的酒感觉很幸福。

兴奋的时候我依然没有忘记增山对我的一次忠告。那一次桥本在店里掀我的短裙，事后增山对我说，桥本好色也不过是掀裙子的水平，增山说日本人中真正好色的有三种人，他们是医生、大学教授和警察。增山说和这三种人打交道的时候一定要提防。

我的面前就坐着我的大学教授。教授带我到这种只有男孩子的饭店来也许是别有用心的。教授身穿藏青色的西装配绿色领带。教授刚好坐在一扇大窗的前面。天色已黑，窗外是庭园的彩灯照着水池中游动的鱼。教授好像坐在一幅油画里。教授说下个星期有一个学术会在金泽召开，教授说可以的话他希望我能够与他同时出席。我是教授的弟子，我没有理由拒绝教授。

教授说金泽是一个十分美丽的地方，有日本首屈一指的人工庭园。

我和教授谈到好多事情，教授一直要我喝酒。或许增山的话令我对教授产生了防卫之心，我没有多吃东西也没有多喝酒。教授看上去有一点儿失望，教授问我："为什么你不肯喝酒？"

我想了想，我开玩笑地说："是这里的男孩子，是他们令我不吃而自饱，不喝而自醉。"教授突然问我："你有没有去过日本的情人旅馆？"

来了。我想，增山说的果然来了。

我想起翔哥带我去的那一家情人旅馆富士。我对教授说："我没有去过那种地方。"我又补充了一句："我不会去那种地方。"

教授说："你是一个作家，你应该了解属于日本的一切。"

教授说他想带我去一家情人旅馆，他希望我所见识的情人旅馆可以对我日后的创作有帮助。我极力推托，我说我对旅馆没有兴趣。

教授看我的目光开始变得炽热起来。教授一定是喝了太多的酒。教授用手指在桌子上写了两个字。我认出那两个字的正体是"裸体"。

教授说他想欣赏我的裸体。

我哭笑不得。

我说："您是我的老师，我是您的弟子，如果在中国，您这样说就等于乱伦。"教授说他也是一个男人。教授说是男人都会喜欢美丽的女人。

教授说："我们是一对师生关系，我们也是男女关系。"

教授说坐在情人旅馆里喝酒的话我们就是一对在喝酒的男女。教授说从他邀请我来日本的时候就只将我看成女人，我摇头。

教授说你不想做那件事的话没有关系，你是作家，作家应该对各种事物都有所体验。教授说我们只到那里坐一坐，或者就在那里喝一点儿啤酒。我看了看教授身后的庭园，今夜星光灿烂。

我答应教授去情人旅馆。

与富士完全不同。外表上看起来不过是一栋很普通的公寓。走进公寓的大门，正面的房间有深色的窗帘将窗玻璃遮住，窗前有一大排按钮。教授按了其中的一个按钮，有一只手从窗帘下伸出来。教授从那只手里取过一支钥匙。我恍然明白那些按钮是房间的号码。里面的人看不见外面的人，我们互相看不见对方的脸。隐私与心理在这里得到保护。性与金钱联系起来，性就成为服务。这里是提供性服务的场所。在这里性本身成为目的，三千大千世界。

失乐园。

进了房间，教授从冰箱里取出两罐啤酒。

我说："我不喝。"

经验告诉我酒会乱性，尤其在这种地方这种时刻，我小心翼翼地将安全保证下来。天井是一面大镜子，躺在床上的人会清清楚楚地看到自己在做什么。镜子中映着教授和我，我们坐在沙发上。这里是男人和女人性交的地方，而我们只坐着聊天。我们花钱来到这里，我们享受的不是性，我们好像在享受一部小说的结构而不是内容，教授出乎我意料般地镇定和从容。

"教授经常到这种地方来吗？"我问。

"不是经常但是会来。"

"教授带女人来这里，教授与女人做那种事，教授如何看那些女人？"

"我从来没有花钱找过妓女，我总是将我喜欢的女人带到这种地方，我视这些女人是我曾经占有过的东西的一个部分。"教授接着说："我喜欢漂亮的女人，我喜欢漂亮而聪明的女人，我喜欢与这样的女人上床。"我说在我们中国，男人与妻子的领域是被公开承认的，男人与妻子以外的女人的领域则是秘密的。中国没有公开认可的情人旅馆，没有提供正当的性服务的场所。日本的男人与他的妻子和妻子以外的女人的领域都是可以公开的。日本的男人比中国的男人要幸福。至少日本的男人用不着偷偷摸摸，教授笑起来，将刚才的啤酒递给我，教授说你还是喝了它。

我接过啤酒。我喝了啤酒，我发现教授很遵守他自己的诺言，教授是安全的。教授说："日本人的婚姻更多的目的是为了传宗接代。如果仅仅是为了性的需要，无论男人或者女人，都可以在这种地方与自己所喜欢的人获得享受与安慰。"

我想起二十几年前。我与和平去鞍山出差，我们在我的房间里谈论着我们的信仰般地谈论着文学和哲学，那时候我们年轻，我们不仅有体力，我们对文学还有一股磅礴的热情。午夜的时候，突然有几个人将门踹开，我看见那些人的胳膊上都带有红袖章，红袖章是那些人的无上的权利。那些人一定以为我与和平是在通奸。那些人看到我与和平坐在沙发上，而且门也没有上锁，窗帘也没有拉，他们看上去很失望地劝诫我和和平早一点儿睡觉。换成今天的话，也许我会让那些捉奸不成的人向我们道歉。但是那是一个特别的时代。那个时代我不懂得隐私也不知道隐私也有得到尊重的权利。我说对于教授而言，妻子是责任和义务，妻子以外的女人是人情和人性。教授用手指指着我，教授说："你说得对。"

我说："中国也有妓女或者情人，但是大多数的女人只与她所爱的男人上床。"教授说："也包括你。"

我说："对。"

日元的最大值纸币一万日元的人头像是明治时代明治维新中

245

最重要的代表人物福泽谕吉。福泽提出的"和魂洋裁"的理论时至今日仍然被人们广泛地应用在对人的评价上。用一句通俗的话来解释这四个字，就是外表上看起来是洋的，内容上却是日本式的。日本人的领域泾渭分明。我在饭店里打工的时候，常常看到一种情形。日本人一旦开始吃饭的话就表示他不再喝酒了。他已经由一个领域进入到另外的一个领域。我知道今天的教授是安全的。

我开始大胆地喝酒。

东京的涉谷站前有一座名扬海外的狗的铜像。铜像前经常有右翼分子的宣传车宣传军国主义。还有，关于南京大屠杀，书店中不少为这场大屠杀做辩护的书籍，涉及电影可以提到"自尊"。中国人批判它们为"军国主义思想的再抬头"。我肯定中国人的批判没有错，然而探其根源可以介绍我在几年前读过的山森爵士所写的一段话。山森说，在整个历史中，日本人似乎都多多少少保持了这种无法认识或不愿意真实罪恶问题的特性。关于灵与肉，关于善与恶，日本人几乎是全面否定的。

"圣经"说我生于罪孽，当我的母亲怀胎的时候我已经有了罪。然而日本人不承认原罪。堕落是什么？在日本人这里，由人情出发所做的一切都是天赐的是不能够责难的，日本的杀人犯很少被判死刑的。

我问教授，我说您一生中什么东西是最重要的。

教授说第一是酒，第二是工作，第三是女人。

您活着的目的是什么？

如何使自己快乐，如何使自己的明天比今天快乐，如何使后天比明天快活。

您最大的安慰是什么？

是健康，教授说。

教授反过来问我："最后问一次，今天真的不可以吗？"

"不可以。"我笑着说。

"原来如此。"教授点一点头，教授抓起床头那个用来通知我们离去的电话机。

我与教授走出情人旅宿，街静人白。

我知道已经是午夜了。

我想告诉教授，在我确认今夜的教授是安全的时候，在那个瞬间，我曾经冲动过想抱一抱他，但是我没有说。

回到家里我打开电话的录音，满屋子里都是翔哥的声音。

我想起我已经好久好久没有与翔哥相见。

也许翔哥知道我是在故意躲着他。当然我还是想念翔哥，想念我们在一起的那些快乐的时间。我开始不太相信我自己，我感到有一种变化在我和翔哥的关系中进行着，而我还没有准备好。

不是不可以坐下来，面对着翔哥将心里所有的感受说出来，只是没有这样的一份勇气。知道那个卢梭吧，他说过这样一句话：人生出来本是自由的，然而到处受到羁绊。卢梭的这个羁绊之于我，实在不易述说。

首先，那天晚上，应该是深夜，我们从咖啡屋走出来至车站。分手后，我先是觉着冷，并且，那冷的寒意简直就是从我内心深处发出来的。迷离恍惚地抱着自己的双肩，一个人在夜的路上走，磕磕碰碰，想象自己已经如一个病人一般，然后，真的就咳起来，不停地咳，十分辛苦，真的就成了病人。

其次，我一路咳着回到家，心口处十分痛。痛楚至极，我不得不将一个枕头拥在自己的心口处，好像这样或许可以止一点痛楚似的。然后，痛楚无法抑制，像无底的深渊，生命、灵魂、一切可以感知到的一切的一切，都在这痛的深渊里坠落、晕眩、痉挛。我觉着我常常就会一瞬间内晕死在它的怀抱里。

空气分明在我身体的周际流动着，然而十分沉默，就如时间的流逝一般。自己也没有想到，这种时刻，会对生命如此畏惧，内心残留的，不过一丝气息，正所谓一息尚存。

凭此一息，专注地留恋并记取，一遍又一遍，一次又一次。然而，东南西北，翔哥仍旧没有走远，翔哥仍旧还在我的心里。其实，我早已知道这根本就无所谓远近，已是没有分别的。心灵深处的遗憾，岂止这一分一别之隔？！又岂止这一远一近之形呢？！

应该不是悲哀的事，以我的处境。然而悲哀若翩，哪怕我的目光投向天际明亮澄清的太阳，都会有一阵凉风掠过，在我的眼角驻留，倾一际恍惚的潮湿，可怜的恋爱中的女人。我唯一能够做的，是将灵魂洗涤干净，一次比一次执着地等待着翔哥。

我分明是在期盼着，等待着。我本来以为爱是不乞求回报的，然而我开始变得计较起来。是小百合的男人和教授令我的感觉发生了某一种变化。我心里有一部分东西离开我的身体飞到哪里去了，计较令我患得患失。

我竭力寻找我的不幸，我发现我之所求所待的，恰好属于翔哥的选择，我不知道翔哥是不是群魂万端般的迷离。之于翔哥，除却一点永恒不变的感念使他对我所存的一份依恋难以舍弃，余下的，或许皆难以平衡。这使我成为一个说梦般的痴人。

　　太抽象了，打一个比喻。

　　依旧是那一天，我们从咖啡屋同行至车站。一方是我的住所，一方是翔哥的家。而那时，夜已深，我冰冷的身体透射出的迷离恍惚令翔哥不安，翔哥犹豫着是否该送我到我的住所。这犹豫乃始自于另一方，也就是翔哥的家。家中有一颗心同样在牵念着翔哥，并且，或许因为有了这种牵念，它常令翔哥觉着愧疚也说不定。

　　无奈，选择必是携取与放弃。翔哥终于选择了家的一方。在车站，我开始孤独一人在夜色里，夜色虽重，内心的分裂却一目了然。之于我，那一份担心，是情之所动。而之于家，那一份行为，是心之所驱。情之所动与心之所驱，二者之间十分的不同，已是性质上的不同。我还能说什么？我没有选择。

　　选择是一种方向，不可以避免，而心愿必以行为承诺，哪怕似曾相依相爱。受苦的，唯躯体而已，唯心而已。

　　总是在我最祈求最倦怠的时候，遗一片黑夜于我，翔哥便走开了。躯体有极有限而灵魂无极无限，迷离恍惚后的空空荡荡的感念，便将痛苦于无极无限中洋溢开来，痛苦因此也无极无限了，天人合一。痛苦到如此境地，也就是这般而这般的了，我不再苛求，是不能苛求了。陪了翔哥一段路，天光云影般的美，却一波未能兴起。开始是，始终还是池袋车站那个清晰的雨的黄昏，黄昏中潇洒飘逸的翔哥撑着一把黑色的伞。或许正因为如此，正因为雨，并且翔哥就在那浓得化不开的伞的黑色的映印中，至今并且至死都会盘踞在我的心头的对于翔哥的体验，宛如夏日烈焰般的浓郁。

我开始想象池田所看到的庭园里的那一只自由的小鸟，小鸟飞到我的眼前对我说我来了。小鸟离开的时候偷走了我的渴望。往日深刻的痛苦有时竟成为令我怀念的东西。怀念着的东西是已经死去了的东西，有时候我怀疑我对翔哥的感情的一部分已经死去了。

　　小鸟偷走了我的渴望，而我还是与翔哥在一起。翔哥说他打过无数次电话都是留守，翔哥说他希望我能够像从前那样只要他有电话我就会接。翔哥穿着我熟悉的灰西装，灰西装像一大块颜料涂着我的悲伤。我说过翔哥是我一直都在寻找的那个原型的男人，好不容易找到了，翔哥却要我从我的梦中醒来。翔哥走过来抱我。

　　我抓过翔哥的手，我将翔哥的手放到我的膝盖上。

　　我对翔哥说："十几天没见面，有点儿别扭。"

　　我说："不知道什么原因，今天我觉得有点儿不好意思。"

　　翔哥说我的手冰凉冰凉。翔哥说十几天并不是很长的时间，况且是我在躲着他。翔哥说他理解不了我为什么会觉得不好意思。翔哥说："我们做了那么多的爱。"

　　在小说里我写过真正的爱没有期待，爱是一种情感的形状、是心脏的形状。我以为我只要感受到心脏的形状什么都可以不要，我以为什么都可以不要的才是真正的我，我搞错了。昨天已经逝去了，我的渴望被小鸟偷走了，我自己也不了解我自己。患得患失的时候我知道那一颗爱着的心脏十分疼痛。

不好意思我还是和翔哥上了床。

然而上床的感觉有一点儿不对劲儿，有一种感觉丢失了。

翔哥的嘴唇翔哥的气息翔哥的屁股都令我觉得伤心。

我曾经十分喜欢翔哥用他的嘴唇与我做爱。

翔哥说："十几天没有见面你真的变化了，你变得不再爱我似的。"

翔哥说："爱抚你的时候你怎么可以一点儿反应都没有。"

我用手抚着翔哥的眉毛，我对翔哥说我对他的爱没有变，变的是我的感觉，是我的感觉衰弱了。爱情和性关系有什么不同？我是在压抑自己的爱情还是在压抑自己的性欲？恋爱与爱好像是相同的，但是它们实际上一个是动词一个是名词，爱依然存在，我不再恋爱了。翔哥说但愿我的衰弱的感觉只是一场感冒，感冒好了就好了。

爱做不下去，我和翔哥起来听音乐。音乐也没有将我拉回到翔哥的身边。翔哥说也许是他做了什么令我不开心的事，也许我还在计较搬家时他故意躲开我的那件事。翔哥说："虽然现在我们不能时刻相伴在一起，但是将来一定会与你白头偕老。"樱花很美很美地盛开了，一阵风吹过，樱花很美很美地凋谢了，像冬日里的大雪在飘舞。爱情好像樱花，开了又谢了。开与谢都那么美，爱情有好多种，不要失望。

　　哥伦布发现新大陆旳时候知道了世界原来是圆的，绕了一个大圈子最终还是会回到原来的位置。阿珠说世界不仅像文毅所说的是阴阳与五行，世界真实是哥伦布发现的大陆，那个圆是一个圈子。阿珠说这个圈子、那个圈子、圈里圈、圈外圈、圈套圈，无论你走到哪里，你都不会走出属于你的那个圈子。阿珠说她在文毅的鬼谷子学习班里学到的东西中最推崇道家。阿珠说道家不过是内丹、外丹和房中术。阿珠说内丹是现代气功，外丹是中草药，阿珠说现代的好多科学其实都是从道家炼制中草药的时候发明的，好比金属铸造以及火药制作。阿珠说道家炼丹时将朱砂、水银和木炭搅拌在一起，它们发生爆炸的时候就产生了火药。关于房中术，阿珠说就是延年益寿。现代人将那个"采阴补阳、采阳补阴"的方法变形为性科学与伪科学。阿珠说这种变形是现代男人的集团的大梦，不如此就不足以刺激性的欲望并得到官能的满足。我想起翔哥总是喜欢说采蜜而小狗一般的吃我体内流出的液体。我喜欢翔哥小狗一样满身满脸都是我的体内的味道，我为此得到满足。我将翔哥与道家联系起来，将我自己与道家联系起来，这个集团大梦也属于女人，我笑起来。

阿珠问我："你笑什么？为什么笑？"

阿珠说其实男人的这个集团大梦是一个圆，是男人们在自圆其说自圆其行。阿珠说圆的意义是为了保证社会与人类的封闭性，使现在与过去一样，使将来与现在一样。

不幸被阿珠而言中。

我哥哥工休的日子，翔哥来我这里和我们一起做饭吃。

那一天翔哥教我们做千层饼。翔哥和我哥哥同龄，他们在一起的时候有说不完的话。翔哥教我哥哥将切碎的葱花和香油以及一点点儿盐如何铺在面饼上。我哥哥笑起来，我哥哥对翔哥说："你的做法和我母亲的做法一模一样。"我对我哥哥说："你没有见过翔哥的父亲，翔哥的父亲说话的语调和我们的母亲一模一样。"我们说起我们的父母是同乡，我们说起我们的父母的故乡山东。这个时候我觉得翔哥就像我的哥哥。其实这种感觉也不错，即使我们没有相爱或者我们日后不再相爱，仅仅是我们能够有缘在日本相会就已经是感动不已的事。我哥哥是敏感的，我哥哥从来不提我和翔哥的关系，从来也不问，我很感谢我哥哥。或许在我哥哥的眼里我已经是一个成年的女人，我哥哥以为我可以有属于我自己的生活。我们喝我哥哥来日本时带来的老白干。

我们兴高采烈的时候赵小姐来了。我看到赵小姐看到翔哥时那怔愣的样子就知道可能会有什么麻烦，翔哥一点儿反应也没有。我知道翔哥不认得赵小姐而赵小姐一定是认识翔哥的，好在我哥哥也在。我向赵小姐介绍翔哥的时候说翔哥是我哥哥的朋友，我哥哥读出了什么拼命说翔哥正是他的朋友。我和我哥哥合起来撒谎骗赵小姐我觉得恶心。

几天后赵小姐约我去她朋友的美容院，她说她的一个朋友想请我看手相，一种预感压迫着我。

赵小姐的朋友已经坐在沙发上看杂志。虽然美容院的光线是黯淡的，我依然从那张侧着的脸上感到一种氛围。女人的脸是感情的容器。

赵小姐让我坐在女人的身边，我小心翼翼。从我进门看到她的一刹那起我就知道她是谁了。我知道她所施予我的颦眉一笑后面的寂寞。我缄默了很久很久。一种东西从遥远的地方走来，我发现是我放不下的女人的悲伤。女人并不漂亮，但是女人悲伤的神情美得令人伤心，我开始可怜她，女人的神情是一种诉说。

我说我不想知道你的过去，我希望你告诉我你的现在以便我可以推测你的未来，我终于开口。我想女人或许感觉她等我开口等了有一个世纪。我们的对话只有我们两个人懂，我们心照不宣。

女人说本来她与她丈夫间的关系很好。

我问是从什么时候开始变坏的。

女人说不是变坏了，是变得冷淡了。

女人说她的丈夫经常很晚才回家，女人说即使她询问理由她的丈夫也不作回答。女人说她的丈夫好像连架也懒得和她吵。

女人说她与丈夫之间连孩子都生了两个了，突然间丈夫就当她不存在似的。我当然知道她的丈夫从来不在外边过夜。我说你丈夫不是每天都回家的吗？女人说她的丈夫每天都回家，也帮忙做家务。只是她的丈夫做什么都好像一个人，默默地，说话的机能似乎死掉了。你们之间有没有那种关系了？我问。

女人说她自己也没有这方面的要求了。女人说他们在一起好像两只皮囊。或许你丈夫的工作有麻烦，你试过关心过他的工作吗？

女人说她知道她丈夫的工作没有麻烦，还有，女人说她丈夫的工作是她根本就插不上手的那一种。你打算怎么办？我问女人。

女人目不转睛地看着我，女人说她在等着她的丈夫能够转变。

女人说她也是满头的雾水，她不知道她的丈夫是否有可能转变。

女人说你会看手相，你坦诚告诉我。女人将她的手伸给我。

阿珠说这个圈子、那个圈子、圈里圈、圈外圈、圈套圈，无论你走到哪里，你都不会走出属于你的那个圈子。阿珠说圆的意义是为了保证社会与人类的封闭型，使现在与过去一样，使将来与现在一样。是的，我身边坐着的女人正是翔哥的太太。

为了一种对命运的解释我们在这里邂逅。我们和同一个男人睡在不同的两张大床上。这个女人是翔哥的衣服而我是翔哥头顶上飘来的一片云。我们对将来没有把握，赵小姐给了我们沟通的钥匙。我们没有讨论男人，我们也没有讨论爱与不爱，我们甚至也不讨论孰是孰非。我们离得很近。我们相会的时候只不过是一个普通的下午。我握着女人伸到我面前的手，女人的手冰凉冰凉的，我看着女人。我说："如果需要一点点儿时间的话，你能耐心地等下去吗？"

女人点着她的头，女人告诉我她会等。

女人说："我会一直等下去，永远。"

女人解释说她等并不是因为她的爱，女人说爱情由男女关系转变为夫妻关系的时候就已经变形了进化了。女人说是她与她丈夫的孩子，全世界里只有她的丈夫是她的孩子的父亲。

离开美容院，我毫不费力地走到大街上。有一阵风吹来，我想起初到日本时和胜见一家人去滑雪的情景，胜见的小女儿从山顶上快速冲下来，我听到旷古的风声在我耳边回响。我再一次听到旷古的风声在我的耳畔。阿珠早将一切都算准算到了，女人的声音在我的心里如泣如诉。我以为女人找我是为了吵架，然而女人含蓄婉约。女人在她的男人的影子里，女人是一个好女人，女人将我和翔哥带给她的烦恼与不安抒情一般的弹出来，我有点儿喜欢这个女人。我有点儿喜欢的这个女人是翔哥的太太。翔哥是我的爱人。一切都是事实，不是女人的错也不是我的错，等等等等……

等到天下颜色雨。

等到路没有尽头。

等到天地翻覆。

等到期待不再。

等到刹那间白尽了头发。

等到日月失去了光华。

37

我和教授去金泽的时候好像在逃难。

已经过了一个星期，在金泽的旅馆里，我和教授再一次夜谈。

教授突然问我："还记得那家情人旅馆吗？我们在一起谈论了很多事。"怎么可能忘记。那一天是二十六日，在情人旅馆，在二楼的三号房间里，教授和我，差一点就做了那件事。教授接下去说："那一天在沙发上，我问你可不可以的时候，你的身子就抖起来，好像小女孩十分害怕的样子。我内心怜惜的念头一闪乎，那劲儿就过去了。"

教授又用和那天一模一样的目光来看我了。想象我的身体上残留着的翔哥的气味或许清晰可辨，我发现了那一缕黑暗。与女人的一次谈话令黑暗变得无法挽回。这一次我微垂着头，教授特异的目光我是用心感觉到的。感觉到的一刹那，我发觉教授与我在我内心深处的某一点上相遇了。之后教授和我同时伸出了双手，将对方拥抱在怀。这一次的性交于我来说是一次意外，是教授赢了的一次赌博。

接下去的缠绵激烈而又错乱。

彼此自焚而又焚了他人。

每一次呼吸都好像深深地汲了天也汲了地。多少次就好像死去了又醒来。

……雨过河原。满屋子的声音似乎在一刻间静止下来。

我和教授枕并枕倒在床上，许久许久无话。

教授打开电视机，将频道调到五，儿时看过至今仍记忆犹新的名片"插曲"。非彩色，黑白中我叫不上名字的男女影星正拥抱在一起。虽然是做戏，看起来却和真的一模一样。我看了教授一眼，教授好像正入了男女影星的戏中。我想起我为翔哥的太太算过的命。我将目光转回男女影星，我对教授说："教授您看银幕上演着的正是银幕下的事。"教授又一次地抚摸了我。这一次不仅仅是恍惚，更有冲动。

男人和女人，经历了一代又一代，如今是我和教授两个人，也终于走过来。

事情过后我发觉自己有一点点儿的后悔，一点点儿的呆怔和一点点儿的亲情。

　　我想如果今天和教授不发生这种事，我永远不会想以后的一生一世的事情。明明多了的这一件事使所谓的爱情增了一份奇妙也损了一份奇妙，我却是将正渴望着的被抚摸的感觉一念转向了对稳定的需求。我知道自这件事发生后我和翔哥的关系就会有很大的改变，或者干脆结婚。三十多岁的我已不想再玩。我想问问翔哥，我的一生是否都可以依靠他？我问教授："教授，女人可以一辈子都依靠她所爱着的男人吗？"

　　教授说："世界上最不能得到保障的就是男女之间的事。"

　　教授笑着对我说："问这个问题的你不像一个作家而像一个傻瓜。"

　　教授说："你这个傻瓜！"　我沉默了许久，内心一而再再而三地斟酌教授的两句话，慢慢地便觉华丽炫目，泪水就情不自禁地自脸庞滴流下来，滑向耳际，永不停止似的。每一天自东方升起的太阳其实永远是那司一个太阳。

　　教授懂得这个道理，因此教授也懂得我的泪水。教授不再说话，只是用小手帕将我脸上的泪水拭干净。这一刻教授凝视我的目光开始有温柔和伤感，华丽潜入我心底。这一刻的华丽是我和教授相识、相结合以来最美的一次，也将是最后的一次。过不了多久我就会是翔哥的妻子或者是翔哥过去的女人了。无论是哪一种结局，我觉得都是名正而言顺。

我抱住教授，再抱紧一些。这一刻的心底则是波涛万丈。一半是现实，一半是憧憬的时候，原来是这般的华丽。我想对教授说祝福我吧，也祝福你自己。为了现在我和翔哥可以相爱，也为了……我本来是想为了将来和永远，但我竟失去了勇气想下去。将来难以为继，未来也难以设定，我必须喘一口气。

一眼就看见茶几上前日买来如今已近凋萎的玫瑰花。紫红色依然鲜艳并浓重，生命也依然存续着。我不知道为什么会问教授，我说："教授，三十多岁的女人了，是不是已经很老很老了？"教授微笑着不作回答。教授是不是不置可否呢？

再看教授脸上的笑意，正慢慢地消逝，本来随笑意洋溢着的明媚，在我的有心或无意下，正仿佛某一种华丽的装饰般叮叮咚咚地滚落下来，滚向四方。明明是生命中最华丽的一刻，我却感受着生命的流光为荒枯而去的一个过程，不该想到的却是想到了。身为女人，知道这是最后的华丽。

女人的最后的华丽。

好长的一段时间里，我不断地追忆起金泽，追忆起与教授之间的一夜风流。那一夜为什么有那么华丽的感觉呢？

38

翔哥说他不相信教授没有诱惑我，翔哥说他相信我与教授没有上过床。

我一直不敢告诉翔哥那个事实，事实上我不仅与教授上过床，而且与教授的一夜风流华丽无比。本来我以为我与翔哥是最爱的，所以我充满了悲伤。

我变了，翔哥也变了。翔哥变得小气而爱吃醋。我们经常为了一点点小事而闹得不愉快。日本的电影院上映竹中直人主演的"SHALLWE DANCE"。我喜欢竹中直人，为了看竹中直人我特地跑到电影院看这个电影。翔哥说想不到我也会成为追星族的一个成员。翔哥说他讨厌那些前赴后继的追星族，翔哥说追星族的人都疯疯癫癫。我不会崇拜什么人，我喜欢竹中直人好像我喜欢翔哥，因为竹中是一个男人。我好色，我看竹中直人会在三分钟内就想到床。竹中直人所拥有的风采断然不是技巧造就出来的。竹中直人的锋芒内敛是与生俱有的，是流动在血液里的。我对翔哥说竹中直人这样的男人，无论看过多少遍都不会厌倦。

翔哥说我如此说是因为我变了。翔哥说他说不清楚我的变化来自于哪里，来自于何时。

星期六我去富贵阁。是我最后一次去富贵阁的日子。大学毕业了，新的工作在东京。我要向富贵阁说再见，向阿珠、淑云说再见，向增山和池田、远腾、藏下还有赵小姐、山馆说再见。我还要向桥本说再见。明天我不再属于富贵阁，但是富贵阁有我永远也忘不掉的许多人的面孔。中华街，前前后后走了有三年，我爱上了中华街。在中华街可以找到我遗失在故乡的温情。再见，中华街。

我因为离别而感到忧伤的时候，那一种痛苦就突然降临了。

好像精心策划的一样，我一下子就看见在中华街的马路上那个女人走在翔哥的身边。我看见翔哥从她的手里接过塑料袋，我看见翔哥同她说话，我看见她的自然的微笑。没想到的事情发生了，虽然我知道她是翔哥的太太，也知道她和翔哥生活在同一个屋檐下，但是当想象成为眼前动着的画面、成为具体的行为的时候，我心里最后的那一道防线崩溃了。

恍惚走在梦中的那一条隧道里，我想起那个叫"我"的自杀演戏的人，想起墙角的那个生活的圈套，我糊涂了。我比任何人都熟悉女人身边的男人，我知道他的气息他的味道他的爱好他的习惯。这个男人的大手无数次抚摸过我的身体，这个男人的嘴唇与我的身体做过无数次的爱。而这一切的一切，在女人的面前好像流动的河水中的一片片破碎的记忆。真正的细节在眼前。我说过我还没有准备好。记忆的碎片如刀割着我的心脏，我觉得痛的时候泪水瀑布般流下来。

　　我坐在富贵阁后边的椅子上，我依然无法控制断了线般流下来的泪水。阿珠和淑云被我的泪水吓坏了。阿珠说："秋子，千万不要否定你这样伤心只是因为你要与我们分离。"阿珠说："有一句话是为了告别的聚会，我们是为了聚会的告别。"

　　阿珠说："秋子，即使你离开这里但是你随时都可以来富贵阁吃饭。"

　　阿珠说："我会给你做免费的杏仁豆腐。"

　　阿珠说："不仅是这里，将来我回台湾的话我们还可以在台湾相会。"

　　阿珠说："秋子你忘了世界是圆的吗？"

　　阿珠说："不管我们绕多大的圈子我们终究都会再见。"

　　阿珠说："秋子我将你的泪水看成是爱情的珍珠。"

最后的一道防线崩溃以后，我看到了大门后的那个世界。我看到那只俄罗斯民歌"小路"中的忧伤的鸽子飞来，重新站在我的肩头。我看到所有的乐器和音响都坏掉了。乐声终止了，莫扎特不再回响。

世界是一片空白。

我的大脑我的心里也是一片空白。

39

母亲到日本来帮我安排去东京的新的生活。

母亲对日本持有什么样的情感我永远也不能理解。

当年的残留孤儿纷纷申请来日本的时候，我也曾催促过母亲。但是母亲说那些陈年旧事是已经愈合的伤口，往事如露如垢。母亲说现在的生活令她十分知足，她不想再扯那些旧的伤口了。日本对于母亲来说也许是空白的，但是母亲记得她的童年。母亲说她的家是一栋很大很大的木屋，院子里有池塘，池塘里有红色的金鱼。母亲说冬天里的记忆是穿着红色的滑雪衣去山上滑雪。

我童年的记忆里，关于秋天是母亲用雪里红、萝卜和白菜做的酱菜。来到日本后，日本所有的食物商店里都买得到类似的酱菜。母亲的记忆早已经被时光修正过，母亲却说记忆这个东西时间愈久就越清晰。母亲的故乡是福井，我对母亲说我带她回去看一看，母亲就是不去。母亲说她的故乡是大连。生活中常常有所遭遇，每每遇到不开心不快乐的事情，我总是第一个想到母亲。

我对母亲说十七岁那年去长春读大学，做梦也没有想到我会成为大连的一个过客。我说过客是因为我早已经不会说大连话，我的口音早已经是南腔北调的，而所有发生过的刻骨铭心的故事都发生在不是大连的地方。母亲说我由长春到北京由北京到日本，母亲说我越走离她越远了。

越远就越孤独，越孤独就会变得越坚强。挫折的时候我哭，哭过了我会想起我小时候崇拜得不得了的高尔基说的那句话。穿着破棉袄，挺起胸膛向前走，前面有阳光、沙滩和绿洲……

我在这句话所施予我的怆然而独立的感觉中长大。为了这句话我开始想成为一个作家，我变得勇敢。有时我觉得自己像一粒生命力极强的种子，无论在哪里都会破土成长。

免不了还是有被痛苦追逐的日子，也相信会有某一个夜深人静的夜晚，当熄掉最后一盏灯，立即会有沉沉的黑暗爬进身体上所有的皱折里，所有模糊的人影和往事又再一次地清晰起来并且会重复着某一种伤害，旧地重归。发生过的故事无终无穷无尽无止境，留在他乡更添出几分意味深长的苍凉和怅惘。但是夜过了就是明天，我不得不在不是故乡的故乡继续生存下来，怆然而独立。

我最大的幸福就是爱母亲很深。和母亲开玩笑时我常一边大笑着一边对母亲说："我是你的太阳，你的月亮，你手指上的钻石戒指，你脖子上的白金项链。"母亲说："你比钻石和白金还宝贵呢。你可是妈妈的梦想，妈妈未能实现的梦你都替妈妈实现了。"我突然间会产生太多的歉意。母亲是第一个喂我吃饭的人、母亲是第一个牵着我的手带我上街的人、母亲是第一个为我流泪的人。我从小到大分不清东西南北，至今仍然不识五线谱，看电视时常常不知道新闻报道的是什么意思，动不动就将自己的生活搞得混乱不堪，而我总是可以毫不在意地将所有的乱七八糟交给母亲。母亲是朦胧中的一种抚摸，好像那一次我得了美昵尔眩晕症，我跑遍了所居地区附近的八家医院，胳膊被针扎黑了也无济于事，到了母亲身边，只在母亲的膝盖上睡了一个星期病就好了。有一种穷尽不及的力量在母亲身上，这种力量又牵引着我。如今我常常觉得侯德健的那首"酒干倘卖无"实在不该是写男女恋情的歌：没有天哪有地，没有地哪有你，没有你哪有家，没有家哪有我。

这样的一个接着一个的答案给母亲才是最合适的。母亲是真正的作者，侯德健不过是一个写文字的人。

其实人生有很多大意义和小意义。之于我来说，人生的意义是内心的感觉和感知。我爱母亲，母亲便源源不断地施感觉于我。感觉不尽，人生的意义不尽。东京的新家是我的一个小小的梦想所停留的地方。我将我和翔哥的事都告知了母亲，我在母亲面前流了很多的泪水。

母亲说结果只能由一个人扛着，但是痛苦可以由母女分担着扛。但是母亲说她不想为我扛这一次痛苦。母亲对我说人的一辈子和一天没有什么区别，一个地方与许多个地方没有区别，爱过了与不再爱了也没有什么区别。母亲说人生还有好多未知的选择在等着我。下雨了却忘记带雨伞，雨中急行后患上了感冒。没有雨伞的下雨的日子里，我是一个软弱的人。母亲是我随身携带的雨伞，母亲话里的意思我懂。

我流泪的时候，我发现母亲用一种只有母亲才可能有的温柔的目光在看我。母亲的目光使时光倒流了无数年，我回到了很多个从前。

怕母亲寂寞，知道母亲喜欢小狗，我特地挑了一只很可爱的小狗。名字叫豆豆，我不在家的时候他会跟母亲玩儿。

"我老了，不像以前那么喜欢玩了，我不怕寂寞了，不过有了小狗会更开心。"

母亲说她老了，我还是第一次听。听完眼泪流了下来。

我说："现代人都活到一百岁的。照一百岁比，母亲还年轻得很。"

母亲说："活到一百岁什么的，用不着想象得那么严重。"

母亲来日本的时候也给我买了礼物，是我小时候最喜欢玩儿的"的的拉拉丝"。小时候在新年夜里不敢放鞭炮，但是那种捏在手里的细线般的"的的拉拉丝"，燃起来后，小小的火花与夜色中生出鞭炮所不可企及的一寸风情，模糊了我童年的所有慌乱。长大以后，我常从"的的拉拉丝"的一寸风情上获得新的参悟：虽然自己一点儿也不完美，但是被记住的什么却是自己的。

母亲到日本的当天晚上，我就在新房的园子里和母亲一起燃"的的拉拉丝"。微小的泛着苍白颜色的火花，想象中的火药的气味，劈劈啪啪破碎般的闪烁的节奏，母亲的微笑，都带着我的所有渴望。我觉得翔哥和那个女人所施予我的痛苦随着烟花的散去而减轻了消逝了。母亲用她的方法和她的语言将我的空白的心充满了，谢谢母亲。

既然我的母亲不肯去福井，不如带母亲去皇宫。

听说去皇宫，母亲有点儿急不可待。

母亲到底是日本人。

或许与许多日本人一样，在母亲的心里天皇永远是最神圣的。

40

圣诞节。

圣诞节的前夜，我从出版社回到家里，母亲说翔哥寄来一个包裹。我打开包裹看见翔哥买给我的米黄色西装。西装以外还有一张音乐卡，上面写着"圣诞快乐"四个字。我知道翔哥将礼物寄来就是说明他不能与我一起过圣诞节，我有一点儿失望。失望写在我的脸上，母亲发现了我的心情，母亲感叹地说："你这样敏感纤细都是读书读得太多。早知道你读了书会这么痛苦，宁肯你和你的那些姐姐一样，只在工场里做工，然后结婚生孩子。"

圣诞节没有情人也没有朋友但是我有母亲相伴。我想将母亲在的圣诞节搞得像一点儿样子，我去商店，我在商店的楼层里四处寻找烛台。我本来是想买一个烛台，不点灯只点一支蜡烛。烛台的旁边再买上一支玫瑰花什么的。我和母亲坐在玫瑰花下喝着香槟酒。这种想象令我在寂寞中勇敢起来。有想象的人总是比没有想象的人要勇敢一些。我于现实中完成我的想象，香槟酒的香味缭绕着我和母亲，我和母亲与香槟在一起，正有滋有味地品尝着香槟酒时有人按我的门铃。打开门一看，竟然是在鬼谷子学习班认识的庆云不期而至。烛光下庆云的脸看上去很像小孩子。我忽然觉得如果母亲不在的话，烛光下的我和庆云很像一个误会。误会是一种不愉快的心情。在男人和女人之间没有大海，我也没有大海一样的心胸。

我要庆云陪我和母亲喝一杯酒，庆云不肯。庆云说他来是想一起到外面喝一点儿咖啡，想随便聊一点儿轻松的话题。我意识到圣诞夜里感觉到寂寞的人除了我还有庆云。

我看了看蜡烛和玫瑰花，然后我从蜡烛和玫瑰花上抬起头来看母亲，母亲说："你们去吧。"

圣诞夜属于咖啡屋，属于男人和女人，属于男人和女人所在的酒吧、舞厅和饭店。找不到有空座位的咖啡屋，我和庆云到了一家极小的卡拉OK，都是日文歌，庆云没有心思唱，我也不想唱。我和庆云就坐在电视机前看着里面的演员。咖啡的香气在我和庆云之间升腾着。没想到在极小的卡拉OK单间里喝咖啡远胜过咖啡屋。我不敢确定我和庆云之间是否存在一种无声的安慰，朦胧中有一种令人感觉踏实的暖流。我本来是在家里与母亲喝香槟酒，在母亲的面前愣挺着自己装勇敢的，现在我只是感谢庆云，不知道庆云的心里是否也在感谢我。有一种时刻，一些人之间忽然就什么都不需要地一下子亲近起来。我觉得没有费什么力气我就从寂寞中上了岸，我和庆云一样，我们也是圣诞夜里星空下的孩子。为了这种感觉，我好想趴在庆云的怀里大哭一阵。这种想哭的感觉是安慰，而安慰不需要理由。我回到家里的时候母亲还没有睡。母亲说："想不到你的身边还有很多好男孩。"母亲说："有的时候太执着了会跟你自己过不去。"

很长的一段时间里，我总是不由自主地想起这间极小的卡拉OK。想起好像咖啡心情的那种神秘和温情。而今年的圣诞节又快要临近了。我知道今年的庆云一定不会再来，他已经结了婚应该不再为寂寞而落魄的来我的家了。我早早就为庆云准备好了圣诞卡。圣诞卡是我自己用电脑做的。画面是年轻的我伫立在黄昏的门前，房子里有一盏小灯亮着微弱的光，很伤感的氛围。我没有在圣诞卡上写什么祝福的话，我只是写上了我的名字。我要庆云知道，在以后的日子里，即使我和庆云不再相见，但是圣诞节这个日子永远都会提醒我曾经有过的那个既伤感又温馨的午夜。我爱着的男人不在我身边。

我最失魂落魄的时候安慰了我的母亲决定在四月樱花凋谢了以后回大连。母亲要看樱花，我决定陪母亲看完樱花后送母亲回国。

41

四月一日翔哥来电话说那个女人买东西要他陪，翔哥说不能来我这里。

四月二日朱太太来过电话。朱太太告诉我姓马的丈夫失踪了一段时间后回家了。

朱太太说小百合还是离了婚，在黑龙江与那位医师在搞婚礼。

朱太太说赵小姐和她的丈夫下决心开了一家饭店。

……

四月三日翔哥约我在六日去上野看樱花。

四月四日——今天是闲人的手记。

已经正午十二点了，还是想躺着。在被窝里吃巧克力、苹果，然后上厕所，完完全全是为了一个心愿，在一个月之间写一本与众不同的长篇小说。

"中文导报"的记者海玲打电话来。海玲是一个花容月貌、天生丽质的女人，说起话来轻洒如美丽的黄金海岸。海玲说："你这个懒虫，这个时间了还在睡觉？"

"只是躺着，没睡。"我说。

海玲与我是两个"一见钟情"的女人，其他时间，如果没有具体的事情时，彼此想不到对方，她是我生活中于瞬间内出现的幽灵。

"你不写小说了？"海玲轻柔地问我。

我感觉此时的太阳格外温暖，阳光洒在身体上，有一种升华的感觉。阳光遗漏的地方，来日前冰心送的"小孩子你别走远了，你与我仍旧搀扶"这句话，裱在木框中，看上去孤零无力。

"想写，但是更想躺着，我在看香港的那些无聊的录像带。"

约好了回答海玲的一个问题，结果没有想，也没有答案。海玲不提这回事，我也不想说。

海玲还是提了，问我那个对朝鲜搞核试验的感想琢磨好了没有。

我一边欠起身，一边用闲着的那只手扯来睡裤套到腿上，豆豆从书房蹿到身边，在羽绒被上蹦来跳去，家里的一切如今是认为这条小狗才是生命的顶端。一早就知道小狗的味道太重，且不会说话，但是在寂寞的时候有一种同性质的灵物相伴左右，我还是非常爱它。如今它与我共同度过了三个月真正人类式的自由的生活，不仅会躺着睡觉，还会将我闲读后放在枕边的书籍吃得破碎不堪。

我对海玲说："如具有条件的话，我最想去看一看的地方，仍然还是朝鲜，只担心那边的现状不是太稳定，还有日本和朝鲜没有国交关系，我现在是日本籍。不过不要紧，等核试验的余波也平静后再去。"

海玲是记者，也是我的朋友，一本正经的电话采访令我想起"司马昭之心路人皆知"这一名句。新闻记者鼓吹什么的时候，喜欢指出"路人也知道……"来。海玲当然也不会例外。只是朝鲜的核试验是我连做梦都不会去想的问题。

"就这样将你的话原封不动地登在报上，可以吗？"海玲一连串地问下去。豆豆这时却从我的身边蹿到墙壁上挂着的长镜处。顺着豆豆的方向我发现镜中清晰显示出一张三十多岁的女人的脸，肿而惺忪。世上的路人很少"从头看到脚，风流往下落；从脚看到头，风流往上流"，前日去参加大富的记者招待会，我就禁不起分别有十四年的换琦兄的打量。那是一对览过如云美女的做过导演的眼，普通人尴尬时，四条腿不中用，头与脊背则相当富于抵抗力，我恰恰相反，因为我驼背，感觉焕琦兄的目光似芒刺，扎着驼背时，剩下的就只有头脑中的那一份难堪。

我对海玲说："随你怎么写。"

说这话时我用手将右眼角往上推，镜中女人的右眼便成了吊梢眼，右边于是比左边年轻了许多，眼睛生出一种横泼的风情。我忍不住笑起来，想象镜中变了形的女人的脸很像一个有挣扎、有忧愁、有冒险的故事的开头。

海玲骂了我一句，说："这么严肃的问题你也会开玩笑。"

然后海玲说她身处报社，周围还有人，还有工作等着，就挂掉了电话。想像海玲常常挂在脸上的婉转绝望的神情，好像落日中徐徐降下去的弧形的无骨的白皙手臂，突然为正打算写的小说找到了一种极好的形式或者叫笔法。

有的时候想躺着，躺着的时候又被回忆或小事偷去太多的思想。古时候有一出戏叫《梅娘曲》，说梅娘这个女人有向上的希望而浑然不觉，匆匆忙忙，各处跑了一趟，在大雨中颠簸，最终死在忏悔的丈夫的怀中。对这出戏只有一个感触，就是那么拼命干什么。

阳光正钻石般被抱在我的怀里，纷乱的忧伤中还是那个紧紧系住我不放的愿望——在被窝里躺着。有一种令人高兴一上午、一天甚至是一生一世的东西，我喜欢这种东西，里面有一种心情，呼之欲出。

四月五日我和母亲买来绞肉和韭菜，我们包了很多饺子。母亲说她回国了我就会嫌麻烦而不肯做了。

42

四月六日——关于樱花。来日本前，汪曾祺老师为我送行时曾经送我两首诗，其中的一句是：纸窗木壁平安否，寄我桥边上野花。

其实，樱花早在儿时便已经知道了，但上野的樱花，却是从汪老师的诗中得知的。上野与樱花，自汪老师的诗开始，便以一种相连的印象留在我心中。

来日虽只三年出头，却有幸遇上三次樱花季。每年的三月底四月初是日本的樱花季。只是，来日后的第一年，我因无房而暂时借住在日本国际理解教育协会的会长家里，没有工作，每天都漫步在寂寥杂沓的人流中，于摩肩接踵的陌生的面孔中，感受一种落寞的阴郁。那时的心情，是准备随时远离日本的。虽在樱花季，樱花的形象却带着我心头孤单的影子苍白地远去了。如今回味起来，汪老的一句"纸窗木壁平安否"，其间的疑虑包容了多少小心、多少珍重。我的心中有了一种巨大的获得的复苏之情。

第二个樱花季，我正在富贵阁里半工半读。那时，我每天与增山她们几个身穿和服的日本女人在一起，从而了解到樱花的许多知识。

对樱花最早而又最具体的了解，是"樱花茶"，也叫"樱汤"。

富贵阁常有订婚或结婚的宴会。日本人在订婚时，一定要喝樱花茶。

初次见到樱花茶时，很令我意外。那几个被我称为姐姐的日本女人，将一个个略呈粉红色的湿漉漉的东西放在茶碗里，一个茶碗里只放一个，我诧异得不知是什么。后来，日本女人将茶碗冲满热水，大约两、三分钟后，我惊喜地看到带有湿润色感的樱花就盛开在茶碗里。樱花的美，就在眼前，很诱发激情。通常，带有风俗意味的事物，总是牵动人的内心。我试着喝樱花茶时，日本女人都在身边笑。她们对我说："你没有定亲，却喝了樱花茶，以后定亲时喝什么？"

且不说这话带给我内心的某种触动，单被盐腌过后用热水泡开的樱花茶，其不甜不咸的味道，着实不想再喝一次的了。

后来，日本女人告诉我，樱花茶除却相亲时用，还有许多食用之处。将樱花凋后而结成的黑色果实压碎了泡酒，称之为"樱花酒"，将盐腌过的樱花树叶用来包糯米饼，称之为"樱花饼"。此外，樱花还有药用之处，酗酒过度或不小心中了毒，"樱汤"可以解酒解毒，家家必备。

日本有几处有名的赏樱地方。一是东京皇居附近的千岛渊，一是东京的新宿御苑，一是京都的祇园，还有一个就是东京的上野公园。我两次赏樱，去的都是上野公园。其原因，大概有以下几点：

首先，我住横滨车站附近，去上野公园最方便。其次，早在来日本之前，樱花的印象原是与汪老师的诗与上野公园相连在一起的。还有，日本人赏樱时，常酗酒闹事，因而，除却上野公园仍允许通宵达旦地流连之外，其他几处，都以与皇室有关或维持地方格局为由而入夜罢止。此外，看过日本《万叶集》的人，可能会知道里边对平安时代宫廷所盛的"百花宴"的记载。所谓的百花宴，其实就是赏樱。在此倡导之下，不仅仅文人墨客，甚至达官贵人，皆趋之若鹜。《芭蕉七部集》中，也点名道姓地尽描了上野公园的赏樱实况："上野樱花会，连日到通宵；笙歌处处闻，男女乐陶陶；花蝶飞舞里，月下醉人潮。"

第二次赏樱，是三月底，樱花满开的时候。在旖旎秀丽的樱花树下拍了几张相片，欢喜之外，无感无受地归了。以后的几日，百思不解，为什么在京都的公宫神社中，每年四月的第二个星期天，都必以樱花为名举办"平安樱花祭礼"？为什么多少年来，日本武士千古不变地将樱花视为"彼岸"的接点，而必选择樱花季的时候剖腹自尽？为什么为了满足日本民众的如痴似疯的赏樱情形，日本气象台每年三月中旬就已经开始发布樱花的前线预报？据说，樱花预报的标准樱花树在东京的靖国神社内，每年三月上旬，气象台每天中午到这棵标准树下采花苞样本，观测其大小和重量，预报其花开花落的时间。用心到此，樱花的意义，已可以想象。

第三次是为了哥哥又日能看一次樱花，特凑在一起休息，却已经拖到四月初了。不巧那天雨而加风，下了决心赶去，已是傍晚时分了。

不知是风雨迷离，还是风雨之下雪一般飘落的樱花迷离，我站在樱花雪中被正夕逝的斜阳血似的笼罩着，内心中长期以来一直深埋着的悲戚，瞬间一古脑儿地倾流出来，沉稳而又华丽。我的心因此而渐渐地贫弱起来，仿佛一下子被压倒了。错愕了许久，泪水夺眶而出。

难怪日本有名的摄影家伊藤后治说，"关于樱花代表自然界似幻似真的神秘之感，使日本人每年一度被自然界的神秘美感所掌握，造成几近发疯的精神状态"。

我终于明白，樱花盛开转瞬即逝，但逝时美丽至极，且蓬勃着自然界的生机。我内心反复映出光与暗、晨与昏、生与死的对照，我想到了"彼岸"的那个接点，想到了日本武士。日本武士选择落英缤纷、如风吹雪的时候自杀，其象征就是在人生最好的时候放弃生命，是一种壮烈。

数一代风流，当数日本武士。

在樱花树下自杀，做鬼也风流。

第四次赏樱我与母亲和翔哥在一起。

母亲被公园入口处的临时戏台迷住了。

舞者自舞，唱者自唱，我和母亲与翔哥坐在台下的塑料布上喝着啤酒，我们翘首解读。舞者中那个扮演女巫的人真是迷死人，朱衣白襦，朱与白是"源氏物语"中白牛驾朱红车的那种朱那种白。巫女一转身走近我和翔哥，走近我母亲，三步五步，似潮似涌似汐。时当公园二十世纪，千年的仙鹤再一次归来。今夕是何夕？舞者是舞者，舞者也是编舞者，目击了那个时代的人明明都死光了，巫女是孤独的一个人。

樱花祭，诸多众生有色有相，色相其实。

我拉着翔哥的手到不忍池的岸边。

我对翔哥说："我不能再等了。"

我对翔哥说："关于我，关于我们，关于我们与那个女人，就在这不忍池畔做一个交代吧。"

翔哥租了一条小船、母亲坐在岸边等我们。

翔哥将小船划到池中心。小船的四周是缤纷灿烂的樱花将粉红色涂成一大片。小船上的我和翔哥像一大块颜料中的布景。突然有毛毛雨下起来。

翔哥开始说话。

翔哥说："不是我不想跟你在一起。"

翔哥说："有一句话不应该说，但是我说过我绝对不会伤害你。"

翔哥说："你曾经问过我的工作。"

翔哥说："我其实是国民党的官员。国民党的官员不退休的话就不能和大陆的女孩结婚。"昨天我还痛不欲生，我曾经想象了好多结果。

我的声音已不能自禁。我看着翔哥，我说你是……

翔哥说："是的。"

翔哥说："我就是你们大陆说的那种间谍。我专门收集说大陆坏话的文化情报。"翔哥说："但是我爱上了你，我的爱是真的，我不想你与我的工作有关。"翔哥说："你等我退休。我退休后我们一起去海外，你不信的话我可以给你钱，你在你喜欢的国家买房子。"

不忍池河畔的樱花在哭泣。我想到了那个叫〇〇七的陈旧的电影故事。我想到了很久很久以前，我想到了很久很久以后。我和翔哥坐在不忍池上的小船里坐在毛毛雨里。

曾经用几个华丽的春夏秋冬，曾经用我所有的真诚，我只相信并等待过那一个字——等。翔哥是我在日本第一次爱上的第一个男人。而这个男人将我们的爱情说得好像同归于尽。我相信翔哥说的只是一个借口。如果我们彼此相爱，历史怎么会是男女间的一种感情呢？翔哥给他自己不能离婚结婚的理由。

多少年以后我回大连，安全局的小葛找我谈话。小葛问我跟翔哥在一起那么多年都做了些什么样的事情。我不得不将我与翔哥从相识到相爱到我们在不忍池河畔的分手经历又重复了一遍，我发现那是一个十分漫长的过程。在小葛面前，我的爱好像有一种强烈的犯罪感。小葛要我尽力找出一些和犯罪有关的事情来，但是除了爱我实在想不出什么与犯罪有关。我突然相信翔哥对我的爱是真的，翔哥说不能与我结婚的话也是真的而不是借口。如果我与翔哥结婚，我的人生所付出的代价或许会更大。我现在平凡安逸，我发现平凡安逸是真正的幸福。

　　母亲不喜欢我全身上下黑不溜秋的，我还是坚持穿着一身黑衣服跟母亲踏上了回国的飞机。习惯了翔哥来机场为我送行，翔哥不在我觉得十分失落。我的心情好像去参加一个葬礼。我想在这一次回国的日子里，将那些我接受得了的和接受不了的统统埋葬掉。我的决心是恶狠狠的。

　　找到我们的位置，我和母亲坐下来。

　　飞机还有一段时间才能够起飞，我茫然地看着窗外。

　　阳光正在温暖地拥抱着草坪。失意有很多种，我的失意属于割舍，是不得已的命运。我想起那天在上野公园，翔哥将小船划到岸边，我和翔哥上了岸，我在母亲的面前强忍住泪水对翔哥说再见。那是我跟翔哥最后一次说再见，那时我知道我永远永远都不会再见翔哥了，我无法改变时代。那时我做梦都不会想到几年后我会以学者的身份去台湾，我会在台湾讨论禅。我去台湾的时候曾经十分感叹，我是在不该相遇的时候与翔哥相遇了。

我跟翔哥说再见的时候我带走了我所有的烦恼。

明明是送母亲回国，我的心情却像一次新的旅行。好多事情我想不清楚，我累了，我不喜欢再想下去了。我要将这些想不清的不死的东西埋葬掉。

我本来只想找一个喜欢的男人并跟他结婚。

飞机里播放的音乐离我和母亲的身体很近。

音乐很模糊。

爱情与一种无法改变的事实同归于尽了。

我身边坐着的男人向我打招呼。

男人说："我一看见你就知道你一定是中国人。"

和我当年看到连金时就知道连金是中国人一样，男人一下子就看出我是中国人了。男人自我介绍，男人说他是韩国人，男人说他已经在日本定居，男人说他不喜欢韩国也不喜欢日本，男人说他喜欢中国。我满头满脑都是关于葬礼的想象，男人的东拉西扯令我稍微好过一点儿。男人说他这次是去北京的出版社谈一本他朋友的书的事。想不到男人跟出版社会有关系我有一点儿吃惊。男人要去的出版社里有我认识的朋友。世界是圆的并且很窄，即使不是你自己，你的朋友也会与我擦肩而过。我在飞机里遇见了我朋友的朋友，也是韩国人。

母亲也很意外，母亲说虽然我现在是伤心的，但是我的亲人和朋友们依然都在。母亲说活着的东西才是最重要的。

飞机到大连机场的时候，男人说想与我了解更多，男人要了我在北京的联系电话。北京有我的一间没有人居住的房子，为了这间房子我每隔一段时间都会去北京打扫一下卫生。我几乎是刚到北京就接到了男人打来的电话，男人说他叫大植。

男人的中国语说得很流畅。

男人说他每天都打电话试试看我是否已经到了北京。

男人说他住在国际饭店。

或许是我想忘却或者是我想报复翔哥，我积极去国际饭店看男人。

我们相互好奇。我发现男人最是那灿然的一笑便会露出我受不了的雪白的牙齿。我们刚刚才认识而我们好像认识了很久。说真的我甚至觉得有一点儿荒唐。我们在他的房间里聊这个那个，我问男人："你住在东京的什么地方？"男人说："我住在惠比寿。""天啊，"我说："惠比寿，就在我就职的出版社的前一站，我每天乘电车去公司的时候都路过惠比寿。"我们有许多相似的地方，小时候我们的家里都很贫穷，我们都没有得到过父亲的爱情，我们都深爱自己的母亲，我们都喜欢吃韩国泡菜，我们都离过婚，我们都是没有在一个固定的地方生活过二十年以上，我们都不知道自己的故乡到底在哪里。男人说："我们有这么多的相似之处，不如回东京后你就到我那里去玩。"男人说："反正我是一个人，我有的是时间。"

我们去鼓楼，我们在那里吃了很多中国小吃。

然后我们去卡拉OK，我们不会唱那些新歌就唱日本歌。他唱居酒屋，我唱DEPEND ON YOU。他的歌声纯美极了。我怀疑我很快又迷恋上了这个有着好听的嗓音的男人。是的，我开始喜欢这个有着好听的嗓音的韩国男人。

最后我们去喝酒，我们喝了好几家酒店。我们叫了一辆出租车回他的房间。喝醉了但是我们醉得很开心。我歇斯底里失落晕头转向，将一切伤心都抛开了。

我想到回家的时候男人说他想与我做那件事。

我说想做就做吧，反正我现在已经是无所谓的了。

男人说："还是不做了。"

男人问我："你什么时候回东京？"

"后天。"我说。

飞机到成田机场的时候，我已经醒了酒。我办理了出关手续，我走出关门，看到了那个韩国男人就站在关门口。我看到他手里拿着一支红色的玫瑰。

韩国男人将玫瑰递给我。

韩国男人说："欢迎你回来。"

韩国男人告诉我他是来接我的。

韩国男人说玫瑰花是他对我的爱情。

天啊，我跳了起来。

最通俗而又常常被人们使用的话中，有一句就叫做缘。并非所有夫妇的结合都始于缘分，但因为缘而结合，确实又是多数的。

最伤感的时候是在异国或者旅行。那种动荡、飘摇的感觉，那种聚散离合的滋味，随便地触到哪里，哪里便生了痛楚般地迷茫起来。

长途旅行的时候多数为一个人，孤寂地看着窗外一段段闪现又消逝的风景，在闪现与消逝之间，总好像包含着某种深深的启示，真切地令痛楚的心挣扎出一些说不清的东西来。

一直想将这种说不清的东西穷究出来，却永远都做不到。于是常常便有了想要哭泣的愿望。泪水是流不出来的，只有心因为被濡湿着而分外地模糊。之后会是胀痛在心中一点点儿地延伸起来，抚也抚不去。抚得深了，依稀便抚出一些日常的东西：家常的居屋，温暖的阳光静静地从玻璃窗照到床头……

闲聊的时候将这种感觉说给朋友听。朋友说我一定是在想着结婚的事了。三十多岁的女人了，或者真的就是在想着结婚的事情罢。于是连倾诉和分辨的勇气也没有了。

是你的失不去，不是你的求不来。这句关于所谓缘分的解释的话听得多了，渐渐就生出绝望来。在那一种缘分结合来临之前，只有默默地承受着一切罢。

这样想象着，忧伤的心于是轻松了许多。生命的奥秘因为不是展现在我的肉眼的视野之内，有形的无形的生命，它们是由哪里开始衍生的，我不能掌握其途径。

那一天我陪母亲回大连，我将那一次陪送看做我的又一次旅途。我生来似乎与一个"驿"字有着手足般的缘份。

飞机起飞的时候已经接近黄昏，从窗玻璃向外望去，夕阳血红的颜色令我眩目。说不清的东西又将那种痛楚带到我的心中，当为乘客准备的餐饮端到面前时，我有一种释然的解放的感觉。

现实的本能上的欲望，无意中令我将黄油毫不在乎吃相地吃掉了。就是这块黄油，使我和这个韩国男人为我们后来的行为找到了一种比较合理的解释。当男人在后来成了我的情人之后，男人对我说："如果不是你当时穿了一套黑色的脏兮兮的衣服坐在身边；如果不是你痴呆呆、孤寂的样子引起我的注意；如果不是你也喜欢吃黄油；如果不是你咬黄油时将一排可爱的牙齿露出来；如果不是你竟然不拒绝一个陌生男人给你的黄油……于是我就想，这个女孩，我应该在她的身边保护她……"

一连串的如果将我和男人缠绕到了一起。应该说一连串的如果是一个偶然。虽为偶然，毕竟是人为的。单单男人的内心突起的一念，才是那冥冥中的缘罢。

成为恋人，我们常常在同一个房间中生活。内心的感觉是分离的。一方面，当男人爱抚我，便觉着几生几世以前便已经和男人在一起了，完完全全是与生俱来的；另一方面，当男人坐在旁边而我凝视男人的时候，便觉这个男人是十分陌生的，完完全全地陷于困惑之中。更何况，男人和自己所做的"如果"系列的解释，并非无懈可击般的合理。于是常常问男人："你是谁？为什么那一次旅行你要坐在我的身边？我们分属于两个不同国度的人，为什么会在天空的云中相遇？为什么在熙熙攘攘的人群中，偏偏就是你呢？……可是，在那一次旅行之前，你在哪里呢？"

男人笑着说："你读过西方哲学，先有鸡先有蛋的问题搞得清吗？你也读过中国文学，'海上何时生明月，明月何时初照人'的诗句你想得通吗？你只要记得我来自宇宙，特地为保护你而来的就可以了。"

男人会接着问一句："你不相信吗？"

我当然不相信韩国男人会是宇宙人。但是，当自始至终都在寻觅着的全部的另一半真的与自己割舍了，真的与自己相依相偎了，为什么仍然会有那么多无法穷究的东西呢？对于剥离着的感觉来说，哪一天才会不再执着下去呢？

翔哥与韩国男人，他们两个人，哪一个是鸡哪一个是蛋呢？

我很想将韩国男人的故事再详细地描述一些，但是韩国男人是我的另一部小说。我在这部小说里写的是翔哥，为了我从此永远不再想起我爱过他。

图书在版编目（CIP）数据

樱花情人 / 黑孩著.—南昌：百花洲文艺出版社，2011.8
ISBN 978-7-5500-0301-9

Ⅰ.①樱… Ⅱ.①黑… Ⅲ.①小说集－中国－当代Ⅳ.①I247

中国版本图书馆CIP数据核字(2011)第153110号

樱花情人

黑孩　著

出 版 人	姚雪雪
责任编辑	赵　霞　张　颖
美术编辑	赵　霞
出版发行	百花洲文艺出版社
社　　址	南昌市阳明路310号
邮　　编	330008
经　　销	全国新华书店
印　　刷	江西新华印刷集团有限公司
开　　本	880mm×1260mm　1/32　印张　9.5
版　　次	2012年6月第1版第2次印刷
字　　数	120千字
书　　号	ISBN 978-7-5500-0301-9
定　　价	26.00元

赣版权登字05-2011-160
邮购联系　0791-86894736
网　　址　http://www.bhzwy.com
图书若有印装错误，影响阅读，可向承印厂联系调换。